Fruits & légumes

Anthony Palou

Fruits & légumes

ROMAN

Albin Michel

Pour mes parents.

À Emmanuelle.

« Quand je me vois dans ce magasin, entre la morue sèche et le roquefort humide, eh bien, ça me donne mal au cœur. De discuter sur la qualité des pommes de terre avec Madame Leribouchon, qui veut toujours les payer un sou de moins, ça ne m'intéresse pas. Je ne suis pas né pour ça. »

MARCEL PAGNOL, *Le Schpountz*

« Un boucher qui se drogue fait des rêves de boucher. »

CHARLES BAUDELAIRE

1

1

Mon père était sur pied tous les jours à trois heures du matin. Après avoir acheté sa marchandise chez les demi-grossistes, il rentrait à la maison vers les six heures pour se faire cuire des œufs au plat et des saucisses aux herbes qu'il trempait dans de la moutarde éventée dont le pot vide en Pyrex deviendrait bientôt mon verre à dents. Le grand défaut des saucisses à cette heure, c'est leur odeur grasse qui rampe, remonte, tenace, par les escaliers. L'esprit huileux des chipolatas ou des merguez grimpait le long des marches baptisant les rampes, les murs et les plafonds. Ma mère, dans sa chambre, en avait des nausées. Pendant qu'il mangeait, papa regardait le transistor comme on regarde une télé. Il fixait les grandes ondes, plongeait ses yeux déjà fatigués dans le Philips puis, après une brève mais néanmoins studieuse lecture des pages sports et turf de *Ouest France* sur le trône dont la chasse marquait le chant de son départ, repartait aux halles sans un mot, car il n'avait personne à qui parler. Maman se rendormait. J'écoutais, le nez encore plein d'exhalaisons toxiques, les éboueurs vider nos poubelles. Toute ma vie, il y eut un décalage horaire entre papa et moi. Mon père était « primeurs ».

2

Dans l'air sépulcral, la 2 CV camionnette démarrait avec un drôle de bouton placé à la droite du volant. Il fallait le tirer entre l'index et le majeur en pompant d'un pied énergique la pédale d'embrayage. Nous eûmes le même souci, plus tard, avec une Ami 6. La voiture toussait comme un phtisique et réveillait tout le quartier. Sofinco, notre teckel irascible – douze ans et pour sobriquet le nom d'un organisme de crédit – gueulait comme une truie qu'on égorge tandis que Nicole Le Bihan, notre voisine, ouvrait ses volets en hurlant. Maritorne rousse à l'ample poitrine, la quarantaine sévère – mère d'une demi-douzaine de dégénérés mâles et femelles qu'elle avait eus d'un ancien teinturier qui s'était jeté sous le car Quimper-Pont-l'Abbé un matin, on le comprend, où sa tristesse avait pris le pas sur les maigres joies conjugales –, Nicole n'avait pas d'adversaire de sa trempe dans l'art de l'insulte. Mais Sofinco, tout excité, continuait de plus belle dans les aigus stridents. Quant à mon père, casquette vissée sur la tête, gitane au bec, il filait doux.

3

J'enviais, dans mes rêves, papa. Je l'enviais de traverser la brume jaunâtre de l'aube alors que je m'enfonçais dans mon oreiller en me protégeant de ce froid qu'il devait affronter, bouffées nordiques plus coupantes que le rasoir. Combien de fois, le soir, dès qu'il revenait vers vingt heures, vingt heures trente, n'ai-je pris sa place dans cette 2 CV grise, n'ai-je mimé sa conduite, actionné ce changement de vitesse muni d'une grosse boule noire placé au centre d'un tableau de bord sommaire (un compteur et deux jauges), désiré sentir cette curieuse odeur de gazole, de tabac brun et de fruits frais et parfois, selon les saisons, cet effluve épais de chou-fleur un peu pourri qui suintaient de la tôle gondolée. Banquette en arceaux, ressorts fatigués, toile tendue par des sandows, volant au fin contour, j'engrangeais hardiment des kilomètres et des kilomètres imaginaires, nageant dans le bonheur d'être grand.

4

Les freins de la 2 CV n'étaient pas très fiables. Rien ne l'était dans cette charrette. Il fallait, lorsqu'on garait l'héroïque Citroën dans une rue en pente comme la nôtre, braquer les roues contre le trottoir afin de bien la caler. Mais ce qui devait arriver arriva un soir lorsque je desserrai, inconscient, le frein à main et écrasai, alangui dans le caniveau, Sofinco, qui se léchait tranquillement les testicules quelques mètres plus bas. J'avais senti la voiture passer sur une bosse. Dans la panique, je trouvai enfin la pédale de frein trop éloignée de mes pieds et réussis à m'arrêter. Je le vis agoniser, tétanisé. Il couinait, me regardait de ses yeux tristes encore pleins de bonté. Je lui pris d'une main le museau et collai la paume de l'autre contre sa truffe jusqu'à ce qu'il étouffe. Privé d'haleine, il trépassa en se contorsionnant mollement. J'étais entré dans le monde des assassins. Le 14 juin 1972, à sept ans.

Allais-je camoufler mon crime ? Je n'avais guère le choix. Ma mère accusa mon père de n'avoir pas serré le frein à main. Ce que papa récusa sans grande conviction. Je montai dans ma chambre avec un vague sentiment de dégoût. Je laissai mon père être accusé à tort. J'eus alors non pas une révélation mais un doute : pourquoi ne réagissait-il pas ? N'était-il pas le héros que j'avais entendu chaque matin se réveiller bravement avant tout le monde ? Nous n'avons jamais reparlé de ce fait-divers familial. Pour plus de sécurité, papa coinçait désormais deux cales en bois sous les pneus avant de la Citroën et c'en fut pour bien longtemps fini de la race canine à la maison.

5

Papa s'en allait dans sa camionnette, mulet moderne, qui tanguait comme un chasse-marée en pleine tempête. Il arrivait que le pare-chocs arrière sous le poids des cageots racle le bitume.

Dès le début de l'été, mon père installait dans le garage une éplucheuse de pommes de terre qui ressemblait à une bétonnière. On y versait des dizaines de kilos de sirtemas de Noirmoutier ou d'amincas de Ré ; on les aspergeait d'eau à l'aide d'un tuyau d'arrosage pendant que le bac rugueux de la machine tournait et tournait dans un sacré boucan. Puis on vidait les patates bien pelées dans de grandes poubelles en plastique remplies de flotte. Quatre, cinq, six et on chargeait le tout dans la camionnette qui s'écrasait, se dégonflait sous les dizaines de kilos de féculents. Quelques années plus tard, j'allais en avoir, moi aussi, ma dose de corvées de patates quand je commencerais à travailler aux halles lors de mes vacances scolaires. Le nombre de sacs en toile de jute que j'ai soulevés, les tonnes de BF 15, de bintjes, de rattes, de monalisas, spuntas, sambas, estimas, manons, pompadours, rosines ! À ne plus jamais en bouffer ni en frites ni en purée.

Ce qu'il a pu faire chier le quartier entre sa Deuch et son éplucheuse dont l'eau pleine d'épluchures ruisselait dans le caniveau de la rue des Dardanelles où nous habitions, à Quimper, préfecture, Finistère, 29000.

2

1

Avant que les grilles des halles ne s'ouvrent, papa faisait son marché à lui. Dans une ambiance qui ressemblait à celle du marché noir, les demi-grossistes descendaient des camions leur marchandise. Il n'y avait guère plus de cinq vendeurs de demi-gros : Bégot & fils, Nature et Vie, Terre de France, Les Fruitiers bretons et un peu plus tard Bioprogrès. Les détaillants leur achetaient les fruits et les légumes généralement non cultivés en Bretagne. Les maraîchers de la région vendaient, de leur côté, salades, échalotes, oignons, artichauts, tomates, choux-fleurs, carottes, navets, radis, poireaux, fraises (de Plougastel), framboises (du jardin). Mon père préférait traiter avec les maraîchers. Plus facile avec eux de négocier, plus facile de marchander trois caisses de courgettes pour le prix de deux comme à Bab el-Oued trois tapis persans made in Kabylie. Un coup de muscadet bien sec derrière la cravate facilitait le troc. Les commandes variaient selon le jour de la semaine.

Il y avait trois jours de marché importants : le mercredi, le vendredi et le samedi, qui était le jour J, opération Overlord, débarquement des vieilles, des mères de famille qui chargeaient leur panier ou Caddie pour le fameux déjeuner du dimanche. Dès le vendredi, on multipliait les commandes, on calculait, évaluait, ça chauffait. Le plus terrible, c'étaient les veilles de fêtes : Pâques et son lundi, Noël et sa dinde aux marrons, puis le premier de l'an, gigot-fayots, haricots secs, cocos ou mojettes vendéennes… Je les entends encore grogner, s'impatienter : « Monsieur Coll, vous n'oublierez pas de mettre de côté mes flageolets, n'est-ce pas ? Des chevriers, hein, monsieur Coll ? – Mais non, madame Le Nir, c'est noté, c'est noté », répondait papa, crayon derrière l'oreille. « Et moi, monsieur Coll, mes endives "extra", vous savez que je reçois mon fils et sa petite famille que je n'ai pas vus depuis six mois, alors pensez donc, ils reviennent de là-bas, de Nouvelle-Calédonie, vous savez qu'il est militaire mon grand garçon, vous le connaissez, hein, n'oubliez pas non plus mes poires, monsieur Coll. – Bien sûr, bien sûr, je n'oublie pas vos endives, madame Kerdoux, et le bonjour à votre mari, madame Kerdoux – Vous allez pouvoir me livrer avant six heures ? – Mais bien entendu, avant six heures, c'est comme si c'était fait, madame Kerdoux… » Et ainsi de suite. Il en a vu passer des pénibles, mon père. Comme si c'était hier, celle-là : Roberte de Kermadec. Une figure locale, propriétaire d'un château du dix-septième sur les bords de l'Odet et d'un haras. Le compte courant Crédit Agricole au bord de l'asphyxie, des actions en pagaille, elle arrivait, l'aristocrate, vers les treize heures quarante-cinq, à l'heure où les commerçants comptaient en catimini leur recette, commençaient à bâcher l'étalage. Alors on entendait venir de loin la Kermadec comme un aveugle piquant le carrelage corrodé des halles de sa canne en quête de fanes de carottes, feuilles de radis ou de navet, persil écrasé et ciboulette fatiguée, oranges et tomates pourries. La vieille était célèbre pour sa pingrerie. « Elle dit que c'est pour ses chevaux, tu parles ! C'est pour le brouet du soir ! » murmurait-on derrière son dos.

Les bords de l'Odet. La fameuse « route des châteaux » dont aiment parler les guides touristiques, ici où aux seizième et dix-septième siècles, quelques aristos se firent bâtir des manoirs, Bodivit, Lanniron, Keraval, Perennou, Kerbennez, Kerambleiz… Les châtelains, on les appelle encore aujourd'hui « ceux de la rivière ».

2

Il fallait voir les halles avant l'arrivée des premiers clients. Ça sentait déjà la sueur ammoniaquée des hommes de peine. Les diables chargés de camelote s'agitaient en d'étranges ballets dont la seule musique était jouée par le grincement des roues et les éclats de voix. Le quartier le plus animé fut toujours celui des poissonniers. Marcel Le Corre, un mareyeur du Guilvinec, n'était pas du genre taiseux. Dès qu'il sortait de sa Ford Taunus réfrigérée rongée par le sel, il hurlait dans sa moustache rousse contre les taxes de la CEE, le prix de la sole, celui du thon rouge qui n'était pas encore en voie d'extinction, les quotas sur le cabillaud, la taille des sardines, celle des fesses de sa serveuse : « Putain de bordel de merde, tu vas l'pousser ton gros cul maman ! » Nicole se poussait alors, essayant de garer son imposant derrière loin de l'humeur bestiale de son patron.

Marcel avait perdu ses deux fils marins pêcheurs lors d'une sortie en mer d'Irlande. Jamais on n'avait retrouvé le chalutier et encore moins ses deux enfants, sûrement à cette heure – paix à leurs âmes ! – bouffés par les crabes. Le père Marcel était un colosse au teint cuivré. On aurait dit que chaque matin il passait son visage au cirage. La vie avait buriné cette armoire à glace qui écrasait la concurrence par la fraîcheur de ses produits et son bagout. Sa grande gueule attirait le chaland et le chaland attire le chaland, c'est une loi. Mon père aimait beaucoup Marcel. Mieux valait être dans ses petits papiers, ses ennemis ne résistaient pas longtemps à ses envolées lyriques. Sans être un grand trouvère, il atteignait des pics de vulgarité bien orchestrés au comptoir du Bar du Commerce, du Balto, du Bretagne, du Central, du Pénalty, du Narval ou du Menhir. Vraie bête du zinc, toujours partant pour une nouvelle tournée, Marcel avait le foie en caoutchouc, vacciné contre la cirrhose par des années de grand large. Quant au cholestérol, cette bile lui semblait aussi étrangère que l'H_2O.

Des langues bien intentionnées disaient qu'il s'était mis à boire après la mort de ses fils. Faux : il s'était mis à boire lorsque sa femme, Louise – Loulou, Louisette –, était partie avec un Irlandais, un certain Robert O'Connor, directeur d'une chaîne de produits surgelés. Un véritable châtiment pour Marcel. Être trompé par un spécialiste de la congélation, lui le roi, l'épée de la sole fraîche ! Le principal sujet de conversation entre mon père et Marcel outre le football et le tiercé : le marché de Rungis qui, selon eux, centralisait tous les meilleurs produits de la région et tout ça pour… les Parisiens, les *Parigots*. L'été, dès que Marcel apercevait une voiture immatriculée 75, son sang ne faisait qu'un tour. Aux halles, il les attendait de pied ferme, les insultait quand ces incultes lui posaient la sempiternelle question : « Ils sont du jour vos cabillauds ? », à quoi il répondait invariablement : « Et ta morue, elle est du jour ? » Ambiance salée. Pas le genre de type qu'on emmène partout avec soi. L'ai vu une fois balancer une raie à la gueule d'un client dont le fils de cinq ou six ans avait osé toucher de son tout petit doigt de sale môme l'antenne d'une de ses langoustes d'Iroise. Il y eut l'intervention de la maréchaussée qui faillit prendre, elle aussi, un bon revers de lotte sur le képi. Marcel hissa définitivement les voiles à l'âge de soixante-sept ans en février 1992. Une attaque cardiaque, quelques jours après la ratification du traité de Maastricht.

À l'église du Guilvinec, Nicole pleura son patron de toutes les grosses larmes de son corps. On raconte qu'il fut enterré les bottes aux pieds et la vareuse sur le dos, sa pipe et deux bouteilles de sancerre dans le cercueil. *Le gwenn-ha-du dessus. Yec'hed mat*, Marcel ! *Amen*. Retour au texte.

3

1

Pour tout dire, mon père n'eut jamais le virus ni du fruit ni du légume, encore moins celui du commerce. Comment devint-il commerçant ? Disons qu'il continua l'œuvre de mon grand-père comme un fils de militaire perpétue la tradition sans y croire. C'est parce que les curés n'ont pas d'enfants qu'ils sont en perte de vitesse. Chaque profession se reproduit comme les animaux. Mes amis qui firent médecine ou dentaire étaient tous fils de médecin ou de dentiste et je n'avais pas encore mis mon nez dans un livre de Bourdieu (le sociologue et non pas le mitron que j'avais connu aux halles) pour le constater. Mon père devint donc marchand de fruits *héréditairement*. Sauf que le bon sang du commerce ne circulait pas très bien dans ses veines ; il vira en eau de boudin.

2

Né en 1910, mon grand-père était du type robuste. 1,83 mètre, 85 kilos. Tour de tête d'une citrouille : 64. Il portait assez mal le canotier. Les grosses têtes répugnent aux couvre-chefs. Son corps se tassa avec les ans, sec comme un olivier. Grand-père était espagnol. Un Espagnol de Majorque qui avait déserté son île en 1936 pour la France, en pleine guerre civile. Le nombre de fois où il m'a raconté qu'il avait fait son service militaire sous les ordres de Francisco Franco Bahamonde, alors brigadier d'infanterie de Corogne ! Il l'appelait « Guignol ». Depuis cette époque, grand-père avait développé une théorie sur les petits dont il fallait se méfier et que je ne reprendrai pas moi-même, ne dépassant guère le mètre soixante-quatorze, ce qui, de nos jours, est considéré comme une taille basse. Fier de ses quatre-vingt-trois centimètres au-dessus du mètre, papy, après avoir méprisé le Caudillo à la voix de pucelle, décida de quitter l'Espagne. Il ne dit pas au revoir à ses parents, ne pensant qu'à dire bonjour à la France qui l'attendait. Après avoir débarqué à Barcelone, il passa les Pyrénées, une *sobrasada*, deux oranges et sa clarinette dans sa besace, aurait pu s'arrêter là, tranquille, à la frontière française, le Languedoc-Roussillon ou le Pays basque, mais non, il lui fallut crapahuter jusqu'au Finistère de peur que le fascisme ne le rattrape comme une drôle de grippe. Plusieurs fois, je lui ai demandé pourquoi il était *monté* jusqu'à Quimper. Il me répondait invariablement qu'il ne pouvait pas, suivant la carte, aller plus loin. Que plus loin, il y avait la mer et qu'après il y avait l'Amérique mais qu'il ne savait pas nager. Il ne revit jamais ses parents, ni le Caudillo d'ailleurs. Et ne vit jamais l'Amérique.

3

Les Bretons préfèrent les étrangers aux Français quoique les Français soient *aussi* des étrangers pour les Bretons. Disons que les étrangers « d'ailleurs » leur changent les idées qu'on dit fixes et c'est ce dont avait besoin ma grand-mère qui se précipita

– j'extrapole, j'enjolive, je poétise – dans les bras d'Antonio Pablo Luna Coll.

Ma grand-mère, Rozenn, était une Bretonne du Finistère nord. Où se rencontrèrent-ils ? Je l'ignore, peut-être lors d'un fest-noz, autour d'un verre de chouchen. Quand ? Pendant l'été 36. Comment ? Peu d'indices : mamy avait une coiffe comme une guimpe, un chemisier à petit col et nœud blanc, un châle noir à franges, un tablier de velours sur une jupe plissée. Elle était folklorique. Toute fleurie. Aurait pu poser pour un bol de cidre Henriot. Les quelques photos cartonnées – noir et blanc jauni – ne parlent guère (faisait-il beau ?), ne sentent curieusement pas la fuite du temps. Là, sur la plage de Beg-Meil, grand-mère habillée d'une robe sombre, allongée de côté sur le sable, sa tête reposant sur la main droite. Ou encore celle-ci : Antonio – pantalon de golf élimé et veste de chasse brodée –, debout, regardant la mer, revivant peut-être des souvenirs majorquins comme s'ils appartenaient encore à la réalité. Je devine, là, dans ce regard vague, une carte postale représentant un décor, un paysage méditerranéen sous un doux soleil vespéral, accablant de beauté, une mer d'un bleu profond, l'anse de Soller où cabotent de frêles barques de retour de pêche, le klaxon inconsolable du tramway qui relie la ville au port. Paysage gelé dans une catalepsie lunaire.

4

Ils se parlèrent en dialecte ou avec les mains, ce qui est commode lorsqu'on est timide. On baragouine des sentiments, c'est joli. Elle *bretonnait* dans le vent, il *catalanisait* dans le vide. Ils devaient être beaux en ces temps où ils étaient ridiculement pauvres, elle Bécassine, lui Charlot majorquin, où un simple baiser était une promesse de mariage… *Dong, dong, dong, dong, dong, dong, dong, dong.* La lourde cloche d'airain de l'église Saint-Mathieu sonnait gaiement, ce samedi matin de juillet 1937. Monsieur Antonio Pablo Luna Coll, voulez-vous prendre pour épouse mademoiselle Rozenn Angèle Bescon ? « *Sí.* » Mademoiselle Rozenn Angèle Bescon, voulez-vous prendre pour époux monsieur Luna Coll ? « Ya, euh, oui », dit-elle, rougissante. Le curé, le père Le Bars, enleva l'affaire tout en latin et, pressé par l'extrême-onction d'un nourrisson qui l'attendait, traversa le parvis en trottinant – la soutane l'empêchait de faire de grandes enjambées – puis la rue quand un camion plein de bouteilles de lait l'écrasa comme une vulgaire taupe. Sur la chaussée, un missel, une barrette à trois cornes et une dent en or flottaient dans une flaque de sang éclairci par un nuage de lait entier. Ne pas voir dans ce fait-divers comique la marque d'une quelconque intervention de la main divine. *Jezuz pegen braz e* (« combien Jésus est grand »).

4

1

De l'Espagne franquiste, Antonio Pablo Luna Coll passait donc à la France de Maginot. En 1939, après la déroute des républicains, la chute de Barcelone, celle de Minorque, commença l'exode de quatre cent mille Espagnols vers la France. C'en était terminé de la guerre civile. Six cent mille morts, poussière d'os d'une guerre-éclair. Franco et l'Église, l'armée et la Phalange pouvaient régner pendant une quarantaine d'années. La radio envoyait de lointains signaux par-delà les Pyrénées. Grand-père entendait des voix. Le goût des oranges majorquines lui revenait dans la gorge chaque nuit comme un sirop d'enfance ; des gouttes de citron roulaient dans la paume de ses mains. Voletait autour d'Antonio le doucereux pollen de l'exil. Le crachin breton n'allait jamais nettoyer le mal du pays.

Quand les fest-noz furent remplacés par le grand bal schleu, le vendredi 21 juin 1940, jour de l'armistice, ma grand-mère accoucha de Paul Antonio Marie Coll. Les lourdes aiguilles de la pendule de l'hôpital Laennec indiquaient quinze heures trente. Dans une clairière de la forêt de Compiègne, non loin de Rethondes, là où fut signé l'armistice du 11 novembre 1918, Hitler tient sa revanche, la France, son humiliation. À l'île de Sein, des marins pêcheurs prennent la mer, allant rejoindre de Gaulle à Londres…

2

L'époque était aux topinambours, à la patate. Le potage faisait la semaine, la ratatouille les jours de fête. Lorsque le fond de la cocotte apparaissait, on rallongeait la soupe d'une louche de flotte. On y trempait des morceaux de pain, y faisait bouillir du vermicelle, des nouilles. À la surface flottaient des cloques grasses qu'on appelait des « yeux de bœuf ». Grand-père n'était pas venu en France pour contempler assis, les épaules voûtées, chaque soir, une assiette creuse ébréchée. Le pauvre n'avait même pas encore pensé au mont-de-piété. C'est en allant y déposer sa précieuse clarinette qu'il n'avait plus touchée depuis son arrivée à Quimper qu'il eut une sorte d'illumination. Devant lui, un type décharné à la figure de mulet se séparait d'une vieille charrette à bras. Quand il rentra chez lui poussant ladite la brouette, grand-mère – papa tout babillant habillé en fille dans ses bras – se demanda si elle avait bien fait d'épouser un type qui s'en était allé avec une clarinette sous le bras et qui revenait avec une caisse vermoulue à roulettes.

Grand-père n'était enclin ni à se tourner les pouces, ni à vivre dans le besoin. Il allait se faire marchand, propriétaire d'un commerce prospère, devenir un bourgeois respecté, donner au nom de « Coll » une résonance respectable.

3

C'est donc avec « ça » qu'il commença, avec cette caisse sur roues toute rafistolée. Il poussait sa petite idée derrière la tête. Cette idée avait un nom : René. René était un producteur de tomates à la retraite

Devenu prématurément incapable de cultiver ses champs – collé à sa chaise roulante –, veuf et sans progéniture, il allait laisser l'usufruit de sa ferme à grand-père qui retroussa ses manches, prit serfouette et bêche pour retourner la terre, y planta tomates, carottes, poireaux, courgettes, aubergines, radis, endives, salades. En retour, grand-père devait être agréable avec René, lui pousser sa charrette, vider une bouteille en sa compagnie quand le vieux avait le bourdon, lui préparer un ragoût deux fois par semaine, jouer l'infirmière.

La charrette à bras faisait un drôle de bruit rouillé quand elle roulait sur la terre dure au bord de la route. Ergué-Armel, ancienne commune de Quimper, était situé à cinq ou six kilomètres du centre-ville. Chaque matin, il parcourait le même trajet hasardeux dans la nuit en suivant la lueur capricieuse de la lampe à acétylène ficelée à l'avant. Devant les halles, sous un coin de toiture, entre un faux aveugle accordéoniste et un volailler sale comme un peigne, il installa deux planches et un tréteau. Le spectacle pouvait commencer.

Les cageots étaient soigneusement rangés les uns contre les autres et les légumes artistiquement placés façon impressionniste. Le rouge des tomates tout humides de rosée faisait ressortir le corail des poivrons. Le jaune paille des oignons associé au vert des concombres, au pédoncule des aubergines, vision pastorale d'un sentier automnal. L'orange coriace des carottes en bottes côtoyait le mauve violacé des betteraves cuites et le noir terreux des radis à peine sortis de terre. Fabuleux architecte, grand-père peignait des natures mortes.

Sur des ardoises quadrillées, les prix inscrits à la craie avaient une importance toute relative : la vieille balance à deux plateaux faisait ce qu'elle pouvait pour fixer le poids des primeurs.

4

Les premiers jours furent les plus longs. Les légumes pourrissaient lentement sous le soleil ou la pluie devant l'œil patient de monsieur Coll, maraîcher à Quimper-Corentin. Pendant ce temps, le voisin, Maurice le volailler, incisait le cou de ses poulets, découpait les bestioles entre les vertèbres, leur décollait les poumons de ses doigts aux ongles noirs de crasse, excisait la bague anale puis les vidait comme par magie – comment des doigts aussi grossiers pouvaient-ils manifester autant de grâce soudaine ? – sans rien déchirer, sans rompre la poche de fiel attachée au foie, avant de les ficeler. Rarement une cliente de Maurice se retournait vers l'étal de grand-père pour acheter une tomate, un bouquet de persil.

Dans le béret de l'accordéoniste macéraient quelques piécettes grises. Des chiens errants efflanqués venaient pisser sur les tréteaux avant de recevoir un coup de pied au cul. Il était alors temps de remballer la marchandise, de charger, les poches vides, et de pousser sa misère le long de la route qui menait à la maison. Déjeuner silencieux dans la cuisine étroite où l'on a quelque difficulté à faire le tour de la table. Aujourd'hui, comme hier, demain et après-demain : bouillon. Humph, humph. Grand-père transvase sa soupe d'une assiette creuse à l'autre pour la faire refroidir puis l'asperge de poivre. Pas de sel. Il boit deux doigts de vin, marmonne. « Pas mauvais cet' p'tite tisane. » Il s'essuie la bouche.

Cet après-midi après la sieste, il faudra user ses genoux, travailler la terre, bêcher, ramasser dans la chaleur avide ou dans le vent têtu. René sera planté derrière sa fenêtre avec sur le bout de son nez aux larges narines d'où sortent deux épaisses touffes de poils, une paire de lunettes à la Harold Lloyd. Une courte cape noire sur les épaules, casquette de marin sur le crâne, chiquant du gris, il dodeline, somnolent, il bave, bigle.

5

Mais l'entreprise Antonio Coll allait enfler rapidement comme une femme enceinte de huit mois qui va accoucher de triplés. Grâce à la recette de la *sope mallorquine*. Pour cela, il mit à contribution son épouse. Grand-mère était docile, obéissante, une femme de fourneaux qui ne rechignait pas à la tâche. Elle s'exécuta, brave recrue bretonne. Elle ne manquait pas de caractère, loin de là, mais on eût dit que ses yeux blancs avaient été créés pour cacher ses pensées. La recette miraculeuse de la fortune, le code secret, il me faut ici le livrer sans trembler, avec la précision d'un chat qui bondit sur la souris : sur la liste des courses, il y aura (attention : ne rien oublier, l'inventaire est long !) : un poireau, un oignon, trois gousses d'ail, une poignée de haricots verts, d'épinards et de pissenlits ; un demi-poivron (qu'importe sa couleur), quelques bouquets de chou-fleur (ou brocoli, au choix), un demi-chou blanc, une dizaine de champignons de Paris, un piment oiseau, une boîte de pulpe de tomate, deux cubes de bouillon de poule, quelques morceaux de pain légèrement rassis.

Se servir un verre de vin car vous aurez besoin de toutes vos forces pour l'exercice qui vous attend.

Faire chauffer dans un large faitout deux ou trois cuillères à soupe d'huile d'olive puis y mettre le blanc du poireau en petits dés, l'oignon en fines lamelles, les blanchir, comme on dit, à petit feu sans les roussir. Dans une casserole, faire fondre les deux cubes de poule dans un litre d'eau. Rajouter dans le faitout le blanc du demi-chou blanc coupé fin et trois gousses d'ail écrasées grossièrement. Faire réduire calmement puis ajouter quatre bonnes cuillers à soupe de pulpe de tomate en boîte, le demi-poivron coupé en gros dés et mouiller sans recouvrir les légumes. Rajouter les haricots verts coupés en morceaux, le piment oiseau (méfiez-vous, c'est un enragé !), du sel, le brocoli ou le chou-fleur, les champignons coupés, les feuilles d'épinard et de pissenlit (pas obligatoires). Laissez cuire trois quarts d'heure à feu doux, prenez un livre, tricotez, tricotez, faites une réussite, écoutez la radio ou *Méditerranée* de Tino Rossi. Rajouter du bouillon si besoin. Servir dans les assiettes creuses – sur le pain qui n'attendait que ça. Prévoir un rajout de sel au cas où. Voilà.

6

Voilà comment grand-père se fit un nom aux halles de Quimper. Tous les samedis, il vendait des bocaux à confiture pleins de la *sope mallorquine* qui l'immunisa pot à pot contre l'infortune. Le bouche-à-oreille ne tarda pas à devenir le meilleur tam-tam de cette soupe épaisse. On faisait la queue, passait commande. Grand-mère dut même se mettre derrière la caisse. On devint déférent avec monsieur et madame Coll. « Hé, Antonio ! Bonjour Antonio ! Bonjour madame Coll ! Vous allez comme chaque jour que Dieu fait travailler ! »

Maurice et l'accordéoniste pouvaient se réjouir de cette montée brutale de notoriété. Ils en profitaient bien, après tout, de la queue chez Antonio Coll. Oui, les clients en profitaient pour acheter une cuisse de poulet, un petit foie, gésier chez le premier ou lancer une piécette dans la galette du second qui, à la fin de la matinée, pour fêter ça, se levait de sa vieille chaise pour lâcher une série de pets héroïques.

7

Lorsqu'il déménagea, lorsqu'il passa de ses tristes tréteaux à la location d'une modeste échoppe aux halles, grand-père s'était « construit » une camionnette. À la casse, il avait récupéré les restes d'un vieux fourgon Renault Galion. Mécanicien dans la peau – j'ai toujours connu ses doigts tachés de cambouis –, il se bricola donc un fourgon, signe extérieur d'une encore pauvre richesse. Avec son accent exotique, sa faconde sudiste, ses colères qui ne tardèrent pas à devenir aussi célèbres que sa soupe, son exaltation quasi poétique, son courage romantique, Antonio accédait à la notabilité quimpéroise.

5

1

Nom : Quimper. Prénom : Corentin. Une ville charmante d'environ vingt mille habitants à l'époque, préfecture du Finistère. Elle tenait son patronyme de sa situation géographique, au confluent de deux rivières, à la croisée de la terre et de l'Atlantique, point de chute de l'Odet qui se gorgeait et se dégorgeait de mer au rythme des marées. Ses ponts, ses rues, ses pavés, sa cathédrale gothique et ses flèches graniteuses trouant l'espoir d'un ciel bleu.

À ses côtés, sur la place, la statue de René-Théophile-Hyacinthe Laennec (1781-1826), médecin connu pour ses travaux sur les affections pulmonaires et hépatiques. Il découvrit l'auscultation et inventa le stéthoscope. Décrivit la broncophonie, le râle crépitant ou ronflant, le bourdonnement amphorique, le tintement métallique. Il mourut de la tuberculose, lui qui en était le spécialiste. Il avait soigné Chateaubriand, Lamennais, madame de Staël. Je n'étais pas peu fier de naître dans cette ville, mère de ce grand homme.

Je fus un des meilleurs clients de l'hôpital qui porte son nom.

2

Enfant, je n'étais pas reluisant de santé. Dès mes sept ans, syndromes épileptiques cryptogéniques. L'été 1972, à Bénodet, sur le bateau qui vole vers les Glénan, la première attaque. Je sens le goût du sang dans ma gorge, les gouttes bien rouges glissant le long des commissures de mes lèvres tétanisées. À chaque crise, je me sectionnais violemment la langue avant de me pisser dessus. À chacune de mes crises tonicocloniques, je perdais des neurones, c'est dire s'il m'en reste peu. Je me réveillais plein de courbatures musculaires, sportif passif, et m'habituais à la souveraine Depakine. J'appris dès lors à lire sur les boîtes de médicaments. Calmées les crises d'épilepsie, j'allais contracter toutes sortes de maladies qui m'assignèrent à résidence. Faible et fatigué, je fus pris aux bronches et aux poumons par l'asthme et des pleurésies chroniques. J'étais en sursis. Je rêvais, dans les draps imprégnés de mes fièvres, de grand large. Du souffle incessant du vent.

3

Les agrumes à la fin de la guerre n'étaient guère à la mode. Pour demeurer en bonne santé, il fallait avaler des féculents. Vint, après l'idée de la soupe mallorquine, celle des agrumes. Bien évidemment, les oranges n'étaient pas absentes du marché de Quimper. Mais grand-père allait, comment dire ? faire autorité dans ce domaine. Pour cela, il avait un atout : il était espagnol. Qui mieux que lui pouvait vendre des oranges et des citrons ?

Et c'est ainsi que mon papy devint naturellement une sorte de légende locale, un héros exotique. Il n'avait, outre sa soupe, qu'une seule chose à vendre : des oranges, c'est-à-dire ce que les professionnels appelèrent plus tard : la vitamine C. Voix de papy quelques jours avant sa mort d'un cancer de la prostate en septembre 1992 : « Écoute-moi, petit : la vitamine C en tube a tué et tuera notre petit commerce d'agrumes. Tu ne peux pas rivaliser avec un tube. Deviens pharmacien ! Moi, ce qui me tue à petit feu, là, c'est la prostate. Vois-tu, méfie-toi de ta prostate, nom de Dieu, elle ne rigole pas, non elle ne plaisante pas, la prostate. Saloperie. Méfie-toi, l'ennemi est aussi à l'intérieur de toi. »

6

1

La chatte du charcutier – gros dos rond *miaou ! miaou !* qui s'appelait Dieu sait pourquoi Bob – sautait toujours sur la balance. 2,3 kilos, poids net. Et y laissait des poils. Papy s'était tout de suite lié d'amitié avec Jean-Pierre Le Guern, un Bigouden aux oreilles si décollées qu'on aurait cru qu'elles allaient tomber comme des feuilles d'artichaut trop cuit. Cuit, il l'était quand il arrivait, Jean-Pierre, à la maison, avec un nombre assez conséquent de ballons de blanc, de petits rosés dans le cornet. Il avait le blanc plutôt gai et le rosé chantant. Chaque lendemain, c'est-à-dire chaque matin, étonnamment frais, ramenait, comme on joue une nouvelle partie, son amitié au comptoir à poivrots.

Jean-Pierre avait été trois fois champion de

France du boudin noir. Il n'était pas peu fier de ses titres, roi de l'embossage, c'est-à-dire le maître du bourrage. Sa petite-fille, Marie-Laure, ressemblait comme deux gouttes d'eau à sa grand-mère, Corinne. Marie – je l'appelais Marie par commodité – avait exactement mon âge au jour près (Taureau du 1er mai). Blond paille, cheveux mi-courts, nez en trompette, 1,65 mètre, yeux bleu de lavande passée, pâle comme un suaire, elle me plaisait bien. Je me disais, me persuadais qu'elle me plaisait bien car elle m'intimidait. Être amoureux de la petite-fille du charcutier, voilà qui était bien ma veine et bien ma peine. Je savais qu'on l'appelait, Marie, « le boudin » à cause de son grand-père à la con. N'aurait-il pas pu être champion de France de tennis, Jean-Pierre ? Chausser des Adidas au lieu d'une paire de sabots ! M'aurait facilité la tâche. Je minaudais auprès d'elle. Faisais le beau. Nous avions quatorze ans. Les aisselles capiteuses de Marie m'excitaient : elles sentaient la tripaille. Mes premières palpitations érotiques naquirent sans doute des dessous de bras de Marie.

Un après-midi de samedi, je m'endormis sur ses minuscules seins moelleux. Au-dessus de ma tête, sa bouche mâchait un Malabar. Elle faisait des bulles qui éclataient dans mon oreille. J'enfouis mon groin dans son chemisier. Marie ricana, se tortilla, me souleva par les deux oreilles comme si ma tête était un couvercle puis déclara sans l'ombre d'une compassion : « Arrête, c'est dégoûtant. » Elle n'avait pas complètement tort.

2

Je revis Marie chaque samedi pendant une bonne année, tendres baisers sur le bec, tous deux allongés sur le lit de sa chambre. Elle me fit découvrir le haut de la femme. J'attendrais encore deux ans pour connaître le bas. Il y aurait pour cela Clovisse, la fleuriste aux yeux vairons. Un œil brun, un œil vert. Froide comme de la grêle. Une vraie peste avec des fesses de garçon. Si belle – de cette beauté des paysannes à dix-sept ans –, elle mourut à vingt-quatre d'une chute de cheval lors d'un concours régional à Crozon. Je l'appris par *Le Télégramme de Brest* et fleuris parfois, pas souvent, sa tombe d'un bouquet de pois de senteur, ses fleurs préférées.

Marie se maria dès l'âge de dix-huit ans avec un clerc de notaire de cinq ans son aîné. Ils s'installèrent à Brest dans un petit pavillon charmant. Ils divorcèrent trois ans plus tard.

C'est alors que je réapparus, après quelques déboires sentimentaux. Son cerveau était un véritable courant d'air. C'est sans doute pour cela que je l'aimais puisque, par la suite, il s'avéra que je fus toujours attiré par le vide.

7

1

« Je suis arrivé ici avec une clarinette que j'ai troquée contre une charrette, je repartirai avec… » Avec quoi ? Qu'il était fier de cette Mercedes Benz blanche qu'il s'était offerte en pleine ascension sociale. À cette époque, les voitures avaient des ailes, elles étaient lourdes, on se fichait pas mal de leur consommation, elles bouffaient du diesel comme des camions. Les constructeurs se payaient des architectes automobiles qui devenaient des grands couturiers de la tôle. La Benz blanche aux sièges de cuir rouge ne passait pas inaperçue sur les routes du Finistère. Le volant couleur de nacre avait la taille de la barre d'un paquebot. Mon grand-père, feutre mou en poil de lapin de garenne sur le crâne, laissait passer toutes les vieilles dames qui s'avançaient sur les passages cloutés avec un geste de convenance, ce qui énervait mamy qui, si elle avait eu les commandes, les aurait bien écrasées, ces sursitaires. En voiture, on aurait dit que le grand-père faisait une sorte de campagne électorale. La tête haute, les mains gantées de cuir noir, la cigarette sans filtre Disque bleu au coin des lèvres à la de Gaulle. Belle réussite sociale. En quarante ans de fruits et légumes, il avait acquis trois maisons : une à Quimper, non loin de l'église Saint-Mathieu où il s'était marié, une au cap Coz, face à la mer, enfin, celle de ses rêves, à Puerto de Soller, sur les hauteurs encore désertées où il coula une retraite bien méritée, cultivant son jardin, taillant ses palmiers, récoltant ses olives. Petit Zodiac, moteur 9 CV, pour aller à la pêche au petit matin tiède, dans les calmes criques bleu marine.

Je me souviens, avec une précision photographique, de la peau hâlée, tavelée de mon grand-père. Pourquoi ne m'avait-il jamais appris le majorquin ? Par souci d'intégration, il avait rayé de sa carte mentale sa langue maternelle tels ces jeunes Bretons bretonnants de l'après-guerre montrés du doigt lorsqu'ils ne parlaient pas français. Une paire de sabots autour du cou, ils faisaient alors pénitence au coin de la classe.

2

À l'âge de quatre-vingt-trois ans, il revint à Quimper pour mourir. Mon grand-père quitta le monde comme il y était arrivé : en Scorpion ; en novembre – un vendredi. Je me souviendrai de cette image presque métaphysique, ayant cru apercevoir son âme s'envoler par la fenêtre, s'en aller dans le ciel puis glisser sur la Méditerranée vers l'archipel de sa naissance. Dans mes rêves, je le rejoins à la nage. Des photos et films super-8 peuvent témoigner de son reflet terrestre. Je ne les regarde jamais. La vie ne devrait pas dépasser les soixante-quinze ans. Passé cette date de péremption, le corps ressemble à une voiture d'occasion dont il faudrait changer chaque pièce du moteur. Papy est donc parti par la prostate.

À chacun sa sortie qu'on choisit rarement. Mamy est toujours en vie, mais elle ne sait pas qu'elle l'est. Elle ne sait pas, disons qu'elle ne sait plus qu'elle vendit dans les années 1940 de la *sope mallorquine* ; elle ne se souvient plus qu'elle envoyait sur les roses ses clients si ceux-ci ramenaient leur fraise. L'année dernière, j'ai été la voir dans sa maison de retraite près de Lorient. Elle avait des yeux vagues d'aveugle.

Éternellement repliée dans un demi-sommeil, sa pauvre tête si lourde, si légère pourtant, plus rien dedans, dodelinait. Lorsque je la vis, mamy devait peser soixante livres (elle parlait toujours en livres, pas en kilos). J'ai suivi sa lente décomposition. Elle croyait en Dieu, cet ingrat. Elle croyait aussi à la Loterie nationale. Une vraie manie. C'est toujours assez triste de croire, c'est-à-dire de payer une assurance qui, jamais, ne vous remboursera. Toute une vie de cotisations spirituelles ridicules, de messes absurdes, bassement truquées. Dieu est le saint patron d'une mutuelle mafieuse. Il fait aimer la mort, c'est déjà ça ; et ce n'est pas rien pour les âmes sensibles. Les maisons de retraite ressemblent à des maternités à l'envers. Un lieu de conservation, une resserre, un doux frigo à température modérée.

Elle était donc là. Assise, somnolente et comme hébétée, dans la salle de télévision. Je pris entre mes doigts le squelette de sa main ; elle dut sentir vaguement une présence, une sensation. Lentement, elle gara son regard dans le mien. Ses yeux avaient quelque chose du reptile las. Elle balbutia quelques prénoms, égrena de maigres souvenirs qui ne lui appartenaient plus puis retomba dans son doux coma. Une infirmière vint la chercher et poussa la chaise roulante jusque dans le réfectoire. Je suivais et observais sans compassion cette cantine de grabataires. Son potage refroidissait. Le yaourt, lui, se réchauffait. Je quittai la maison de retraite bien décidé à ne pas me faire avoir par la vieillesse. Alors, pour la première – non, pour la seconde – fois, ai-je songé sérieusement à l'éventualité d'un suicide propre, romain, digne.

3

Si j'ai assisté, hagard et impuissant, au délabrement du patrimoine de ma famille, je n'aurai pas le courage d'assister à celui de mon propre corps. Prostate, cirrhose et alzheimer, tels seront les pronostics médicaux les plus probables.

8

1

Lorsque mon père monta, lui aussi, sa petite entreprise de fruits et légumes, au milieu des années 1960, son échoppe se situait à une vingtaine de mètres de celle d'Antonio. C'était vraiment le bon temps, la grande époque. Autour des halles, poumons d'une ville, il y avait Quimper. Une dynastie Coll s'installait pour une trentaine d'années.

Bah, papa était peu motivé pour les études, ses parents ne le forcèrent pas. La guerre d'Algérie le cueillit dès l'âge de dix-huit ans. Il venait d'épouser ma mère. Vingt-quatre mois dans les Aurès. Pas de batailles rangées, une pagaille, embuscades, effet de surprise, guerre d'un genre nouveau où l'ennemi est partout et nulle part. Jamais il ne m'en parla, comme on se l'imagine. Dans son regard mutique, il semblait visiter encore ces deux années à tâtons comme si elles avaient été un coma. Sans doute ne se sortira-t-il jamais de cette période sur pilotis, entend-il encore siffler les balles et les bourrasques de sable. L'Algérie est le cancer discret qui le ronge, le mine. Sa bonté l'aura probablement perdu.

2

Ainsi débuta donc, à son retour, à son détour par ce que l'on appelle aujourd'hui la guerre, sa profession de commerçant. Il fallait repartir dans la vie. Maman, à cette époque, était bien fragile. Fonctionnaire à la préfecture, elle se mit en arrêt maladie pendant plusieurs années. Ses nerfs l'avaient lâchée. Elle ne sortait plus, cloîtrée. Son monde s'arrêtait à la grille du jardin. Elle s'occupait de moi dont le corps était le pandémonium de toutes sortes de maladies. Prise de sang chaque semaine, aller-retour à l'hôpital, fièvres à répétition, angines, otites, tout s'accélérait, je divaguais.

3

Mon père, je le sais maintenant, eût préféré faire autre chose, mais quoi ? Il aimait les chevaux. Quand je dis que mon père aimait les chevaux, il aimait surtout le tiercé, le quarté et le quinté + et avait le secret de miser sur des bourricots. Même au PMU, il n'avait non pas le sens des affaires, mais un certain sens de l'échec. Miser sur un tocard n'était non pas sa spécialité, mais un style de jeu, un genre, un défi, un métier dont lui seul avait le secret. Ses affaires semblaient tourner. Le soir, il s'asseyait à son bureau pour compter la recette de la journée. Humectant son majeur sur une éponge humide, il égrenait les billets de dix, cinquante, cent francs puis en faisait des liasses qu'il remisait dans un petit coffre-fort. Maman comptait, de son côté, ses médicaments. Allongé sur le canapé du salon, investi par une fièvre persistante, les yeux brûlants, couverture sur les jambes, je lis tout et rien. *Le Comte de Monte-Cristo* pris à la bibliothèque municipale et le catalogue de La Redoute, *Le Lys dans la vallée* et Les Trois Suisses. J'ai dix ans, un peu plus.

Papa prenait soin de ma mère. Dix ans qu'il avait ouvert son commerce. Une clientèle établie, bien fidèle, une employée dévouée, Annick. Un parfum de bonheur plane lorsque, dînant, maman déclare qu'elle a pu franchir le seuil de la grille du jardin, faire quelques pas sur le trottoir.

9

1

Mon Espagne fut celle de Franco. Celle de la terre battue, des ânes, des Vespa, des tricycles à moteur transportant citrons, oranges, mandarines, des Seat 500 et 600, des carrioles, des types au teint verdâtre écartant le rideau de perles d'un bistrot vide. Mon Espagne empestait la pompe funèbre, l'urine et le flamenco, danse la plus sinistre qui soit avec le tango et la gavotte. Odeur de ces vieux cigares qui sentaient la concession à perpétuité. Des ombres de femmes longeaient les murs. Des hommes à la moustache et aux yeux noirs attendaient toute la journée sur des chaises. Quoi ? L'Espagne était une salle d'attente. Elle attendait mollement la mort du Caudillo. Des chattes efflanquées levaient la queue, draguaient des poubelles vides, les chiens déféquaient au milieu des places pavées. Des prêtres, noirs corbeaux sans ailes, officiaient dans des églises glacées. Ça sentait les vieux os et le cierge. Je me souviens de cette odeur de cire et de miel et du bois des bancs fatigués par les robes noires des bigotes.

2

Nous nous en allions alors à Majorque fin août. Départ à quatre heures. C'était hier. Voilà notre R16 TS et sa saleté de starter automatique qui ne marchait jamais. La tumultueuse odyssée, trois générations, partant de Quimper-Corentin vers une île improbable : mon histoire de France. Papa – même en vacances – réveillait le quartier ! Une vraie manie, chez lui. Ma mère pestait, comme d'habitude. Quimper, Nantes, Saintes. À Saintes, la R16 s'arrêtait presque, fatiguée, d'elle-même. Papa sortait la glacière qu'avait préparée maman. J'émergeais groggy de l'oreiller que maman m'avait installé contre la portière. Je remplissais à la chaîne des mots croisés et fléchés. Sandwiches, œufs durs, melon, Vache-qui-rit, limonade pour bibi et coup de rosé pour le *padre*. En route : Bordeaux, Perpignan, la frontière et ses douaniers avec bicorne en carton-pâte. *Hola !* Puis Barcelone et son bateau que l'on prenait à minuit. Soudain, j'entendais la voix de mon grand-père. Elle chantait, elle claquait comme des castagnettes, plus on se rapprochait, plus j'étais heureux d'avoir du sang espagnol. Je regardais Barcelone, je la regardais comme lorsqu'on retrouve une vieille photo de famille sur laquelle tout est familier, rien n'a changé. Le paquebot qui allait nous mener vers la terre promise s'appelait *Mallorca*, mais il était notre *France* à nous : trois fois plus petit mais ô combien plus beau. La R16 TS beige, courageuse Rossinante, dormait à fond de cale. Nos couchettes, au premier pont, sentaient le fuel. Nous nous endormions dans le ronron des machines.

3

Majorque était une île d'oranges et d'olives. De Palma à Soller, il y avait à vol d'oiseau une quarantaine de kilomètres. Le col qu'il fallait franchir. Une bonne centaine de lacets en épingles à cheveux. Un serpent de bitume creusé dans la pierre, qui usait les boîtes de vitesses, les freins des Seat et des autocars.

Arrivé à Soller, il n'y avait quasi rien. Sur le quai, trois hôtels, quatre restaurants. Ce clapotis nostalgique du matin, ces teuf-teuf des chaloupes de pêcheurs à la sardine qui quittaient la baie en forme de coquille Saint-Jacques et qui me sortaient de mon sommeil ; ces doux matins de cabotage qui m'ont réveillé tant de fois tandis qu'une lumière brutale passait par le tamis des volets en bois. Le spectacle du port de Soller à l'aube m'enchante encore aujourd'hui et me dégoûte autant. Les souvenirs ont toujours quelque chose de complaisant et de répugnant : comme si on léchait de la poussière.

4

La première image ou plutôt la première sensation : je suis dans la maison de mon grand-oncle, calle de Sa Lluna. L'entrée est si sombre qu'on se croirait dans un tombeau. Une forte odeur de cire flotte sur le bois noir des meubles. Des chats squelettiques arpentent le rez-de-chaussée. Je suis gêné lorsque mon regard croise leurs copulations furtives. Il doit bien y en avoir une quinzaine. Mon grand-oncle s'appelle Jacques. Il écorche le français. Il veut me faire plaisir. Dans la cour, il y a une volière où cohabitent des pigeons et des colombes. « Choisis-en un dans la volière », ai-je compris. Innocent, j'en élis un. Il ouvre la porte de la cage, prend l'oiseau de mon choix, me le fait caresser et lui tord le cou. J'entend un *couic* mâtiné d'un *crac*, l'oiseau gît dans la poigne de son bourreau. Le bruit d'un cageot qu'on écrase d'un coup de pied sec.

5

Cette nuit chez mon grand-oncle : je rêve en noir. Je me vois dans un restaurant ou plutôt une auberge. Il y a de longues tables en bois bordées de bancs. Des vieux édentés à casquette ont le nez plongé dans leur soupe. Je suis caché sous la table. Une souris glisse sur mon pied droit dénudé. À quatre pattes, je me carapate. J'atteins une sorte de cour aux dalles glacées. Blottie derrière une poubelle en plastique noir qui sent le mégot, les abats, le poisson, je devine une vieille femme qui ressemble à une sorcière, nez crochu, bouche de tanche, toute vêtue de noir. Ses yeux bleus fixent le néant. Son rire guttural. Un liquide rouge coule sur sa cuisse droite. De son index aveugle, elle me fixe. Je n'ai pas peur. Un gros type m'entraîne dans la cuisine du restaurant en me tirant l'oreille droite que j'ai déjà assez décollée. J'ai l'impression qu'elle se décroche de ma mâchoire. Puis il me prend par les cheveux, m'enfonce le nez dans le riz jaune pâle d'une gigantesque paella. La femme aveugle me met pour le dessert la tête entre ses jambes visqueuses. Une odeur pestilentielle me réveille enfin…

6

Un petit chat rayé gris se frotte contre ma jambe. Il ronronne sur mon lit. Il est borgne.

10

1

Soller. Le 20 novembre 1975, *Franco ha muerto* titraient les journaux. *Edicion especial. Solidaridad nacional.* J'ai dix ans. Le Caudillo est crevé. Mon grand-père a sabré une bouteille de mousseux mais n'en a pas bu une goutte à cause de ses brûlures chroniques d'estomac dont je devais hériter. Il a trinqué au bicarbonate de soude et à la pastille Rennie – son hostie quotidienne. Quarante ans que papy attendait ce moment.

2

La mort en direct, je devais l'affronter régulièrement. « Le cercle des arènes va se réduire autour du couple jusqu'à ne plus être qu'un anneau nuptial. » Cocteau. Je vécus assez tôt ma première corrida. La dernière fut celle qui eut lieu entre mes parents, nous verrons ça plus tard. L'arène de Palma. Un guignol habillé comme un sapin de Noël, les mollets recouverts de ridicules bas roses, les pieds chaussés de ballerines noires et le sexe moulé dans un ciment bariolé, danseur mondain transformé en bourreau imbécile, il était là, à se tortiller comme un coliqueux autour d'une bête à l'agonie. Je regardais mon grand-père qui ne semblait pas apprécier outre mesure cette danse macabre mais ne pouvait s'empêcher d'y participer. Toujours côté « sol », le côté le moins cher, celui des ouvriers. La mise à mort fut lente : une éternité de quatre ou cinq minutes.

Je me souviens d'une autre fois, d'un taureau de cinq cents kilos qui rechignait à entrer dans l'arène et fit marche arrière vers le toril. Au portillon, on lui piqua violement le flanc pour qu'il avance, l'air gaillard, dans la lumière poudreuse. Le soleil triomphait. Ce n'était pas de la barbarie. Plutôt de la boucherie transcendée en un curieux art religieux et – comme à contrecœur – je me mis à aimer cet abattoir public. J'allais, plus tard, applaudir avec une joie froide, un nombre incalculable de curées.

Ce *toro* de Miura, *toros bravos*, légende noire – pas un taureau à « roulettes » – qui encorna lors d'une véronique l'artère fémorale de Juan Caminez, ce matador sec comme un coup de trique dans sa tenue beige, qui se mit à pisser le sang comme un geyser. Le monstre le piétina. Je fermai les yeux à la recherche de cette nuit palpébrale qui allait soulager mon envie soudaine de vomir. Une trompette retentit. L'heure de la *faena* qui n'aura pas lieu. Caminez, comme le dieu Manolete, mourut peu de temps après. Se bouscule alors dans ma mémoire une nuée de femmes en mantille pleurant des larmes toutes faites dans la chaleur sèche des *tendidos*.

3

L'Espagne ne se vivait pas encore en Technicolor. Du noir et du blanc solennels. Les rues de Soller ressemblaient à des coupe-gorge. Ces virages obscurs à angle droit, ces pavés patinés par les pneus des Vespa au pot d'échappement douteux.

4

De Soller au port, nous prenions le petit train traversant des jardins d'oranges et de citrons.

Avec nos paniers, nous commencions l'ascension vers le lieu mythique où grand-père allait bientôt trouver refuge. Cette maison avait un je-ne-sais-quoi d'original qui me faisait déjà l'aimer.

Sur les hauteurs, elle s'ouvrait sur le port militaire aujourd'hui disparu. Un seul étage, un balcon qui l'encerclait. Modeste, deux chambres, l'une pour mes grands-parents, l'autre pour les invités. Un salon avec une cheminée. Au sous-sol, attenante au garage, ce que l'on pourrait appeler une chambre de bonne. Un jardin avec des palmiers dont mon grand-père me prévenait tout le temps que les feuilles assassines pouvaient me crever l'œil. Des rats y grimpaient. Pas de piscine.

Il y avait le long du port des boutiques où l'on vendait des poupées en mauvais plastique d'une rare laideur, vêtues d'une robe colorée, des taureaux recouverts d'un miteux velours noir en guise de peau. On bradait des cassettes où les Beatles s'appelaient les Coyotès. Des femmes sur le retour dansaient le flamenco dans des restaurants vides. Les castagnettes en bois d'olivier étaient vendues pour trois fois rien.

Sur les places, des fontaines où nous allions remplir des bidons d'eau que nous ramenions dans la Méhari orange.

5

À l'heure où le soleil se noie, nous nous retrouvions au Nautilus, ce bar surplombant la Méditerranée : Coca pour moi, gin-tonic pour papa, Martini pour maman. Billard, juke-box : le groupe suédois Abba chante *Waterloo*, *Fernando*, *Mama Mia*, goût du ketchup, de la moutarde Amora en bouteille en plastique jaune accompagnant nos hamburgers. Les propriétaires, Tony et Antonia, faisaient valser les chopes de San Miguel. Sans doute avais-je déjà le pressentiment d'un paradis perdu. Comme ces touristes qui ne cessent de voir le monde à travers l'objectif de leur appareil photo, je vivais étrangement le présent comme un souvenir. Assis sur la terrasse, je dominais la Méditerranée, ce confort bleu qui m'ouvrait ses bras ; je ne savais pas encore qu'elle n'allait jamais les refermer : mon premier chagrin d'amour.

6

Encore vierges des règles prescrites par la médecine éclairée d'aujourd'hui, nous ignorions les méfaits de la baignade sur la digestion. Nous vivions dans une tenace insouciance. Dix minutes après avoir englouti notre déjeuner, nous descendions les deux cents marches qui nous séparaient de la mer. De la terre ferme reliée au rocher par une passerelle artisanale, planches de bois pourries, cordes rongées, nous posions nos serviettes de plage. Température extérieure : 40°. De l'eau : 27°. Des adolescents kamikazes, non loin, sautaient, les bras entourant leurs genoux, d'une hauteur de vingt mètres.

7

L'après-midi pour les Espagnols n'est pas d'or mais d'ombre. Grand-père jamais ne se baignait. Vers les quatre heures, quand maman et papa faisaient la sieste, j'avais la sale idée de me précipiter vers le frigo. Mon larcin : un yaourt, sans me faire prendre par ma grand-mère qui m'avait averti que le laitage était ce qu'il y avait ici de plus cher.

Venait, en fin d'après-midi, l'heure des olives que mon grand-père cultivait dans son jardin. Des vertes et des vraiment pas mûres, à mon palais immangeables. Des noires, bien molles, en état de décomposition. Mon goût amer de l'Espagne. Sur le balcon, vue plongeante sur le décolleté de la Méditerranée, mes parents s'abreuvaient d'anisette appelée Casail. La nuit tombée, je m'amusais à observer le faisceau du phare militaire qui me donnait rendez-vous toutes les quinze secondes. Je me sentais un autre. Dans la cuisine, ma grand-mère préparait le dîner.

11

1

Quimper. Mon cerveau d'épileptique ne me permet pas de tout restituer, mais je me souviens d'un soir – ce devait être en 1983 ou 1984 –, nous étions tous à table, papa, maman et moi, autour d'un pot-au-feu et du feuilleton *Dallas* dont nous ne manquions pas un seul épisode. Donc, ce soir-là, alors que Bobby Ewing retrouvait Jenna Wade et n'allait pas tarder à quitter Pamela, J.R., assis dans son bureau un verre de bourbon à la main, déclara au téléphone : « Une fois que tu as réussi à te débarrasser de ton honnêteté, le reste c'est du gâteau. » Mon père sommeillait devant son os à moelle. « T'as entendu ce qu'a dit J.R. ? » lui avait demandé ma mère. « Mmm », avait-il marmonné avant de repiquer. Et j'allais me rappeler toute ma vie cette sentence. Ma mère considérait l'aîné des Ewing comme un vrai salaud, mais elle devait admirer sous cape le culot, l'assurance, le cynisme, l'aplomb, voire le génie de cette ordure magistrale.

2

Puerto de Soller. Rassemblant mes esprits, je revois tout de même cette scène d'une manière impeccable et froide, d'une manière si nette et précise qu'elle me glace encore les sangs. Mon père sort de l'eau en maillot de bain rayé rouge et blanc sur cette plage, Passeig Platja den Repic où l'on se baignait, selon le rituel, tous les matins. Nos journées semblaient programmées au rythme lent du soleil ; nous le suivions tel un automate. Les après-midi, nous allions invariablement sur le rocher du Nautilus.

Papa nageait, ce matin-là, depuis plus d'une heure. Maman était descendue de la maison et l'attendait, raide comme un piquet. Elle ne savait pas qu'elle annonçait froidement la fin d'un monde, le nôtre. Ma grand-mère eut un malaise et s'affaissa dans sa chaise longue qu'elle louait pour la demi-journée dix pesetas. Papa, sourire aux lèvres, sortit de l'eau. La tête défaite de ma mère lui fit penser à un quelconque décès familial. Il n'avait pas tort : il s'agissait du sien. Il reçut la nouvelle comme on reçoit une météorite sur le crâne. Le désespoir soudain le visitait. Il dut aller vomir derrière un palmier. On le ramena à la maison où on lui servit un gin bien tassé. Son corps flageolait. Ses yeux roulaient si vite qu'ils donnaient le tournis. La nuit du 27 août 1976, cette nuit où brûlèrent les halles de Quimper, fut notre *Titanic*.

3

« Les halles Saint-François furent bâties en 1846 à l'emplacement d'un ancien couvent de moines franciscains qui abandonnèrent le lieu à la Révolution. En 1970, elles abritaient une bonne trentaine de commerçants, essentiellement des marchands de fruits et légumes. L'architecture signée d'un certain Bigot était gothiquement sobre. Une suite d'arches grises, le tout formant un rectangle d'une centaine de mètres sur soixante. »

4

Papa fut comme pétrifié une semaine durant. Une véritable statue de sel douleureuse. Il est peut-être mort ce jour-là. Je voyais sur son visage, dans ses yeux remplis d'eau voguer sa tristesse. J'apercevais dans ses pupilles vagues l'étrange film en sépia qui défilait dans sa tête : son échoppe, ses balances, ses blouses, ses ardoises sur lesquelles il écrivait chaque matin à la craie le prix des articles. Fumée. Finis les beaux jours, nous allions boire l'eau de la mare.

5

Les halles. Les échoppes s'alignent au garde-à-vous avec parfois quelques cageots dissipés qui dépassent des étals. Les cageots, avant de devenir les filles moches du lycée, furent ces caisses en bois que mon père balance derrière la boutique et que les badauds récupèrent pour leur cheminée. Ça gueule fort là-dedans. Les mains dans les poches, j'observe ce cirque. C'est la première fois que mon père m'emmène avec lui. Je ne suis pas peu fier. Autour de lui, les grossistes qui essaient de lui refiler dix ou quinze kilos supplémentaires de tomates ou de cerises s'affairent. Papa ne cède pas.

6

Il y avait ces camionnettes Citroën qu'on appelait « paniers à salade » en tôle ondulée que les flics utilisaient à l'époque. Certains modèles s'ouvraient sur le côté de bas en haut et se transformaient en magasins ambulants. Peugeot avait un modèle plus, comment dirais-je, plus esthétique. Il y avait ces 504 à plateau, ancêtres des pick-up, des camions Saviem, Renault ou Volvo. Je revois ces halles grises et tristes entourées de ces bistrots où, dès l'aube, René la cloche et sa jambe de bois prenait son premier muscadet avant d'aller piller les troncs de l'église Saint-Mathieu. Le petit Bébert à la tête de rat, retraité des Postes, un célibataire curieux qui dégoisait tout seul en remplissant des grilles de Loto, et puis Roger le soupeur, un ancien de l'Indochine, qui allait pêcher à heures fixes son pain quotidien dans les pissotières du centre-ville.

7

Je n'aimais pas Quimper. J'aimais les Baléares, je les aimais la tête enfoncée dans l'oreiller lorsque, enfant, je me les imaginais. J'aimais les paysages méditerranéens que me racontaient grand-père et les livres d'images qu'il me faisait voir. *Palma*, je palpais mentalement ces deux syllabes peintes en bleu et jaune. Le seul fait de prononcer ce sésame me faisait passer de l'autre côté du miroir de ma famille espagnole. Je n'étais plus français : quelle joie ! Je traversais des mondes ; je me rêvais Mallorquin.

8

« La maison des Baléares », comme je l'appelais. Lorsque mon père la vendit, bien plus tard, je perdis mon enfance. La Méditerranée fut ma baignoire, mon naufrage.

12

1

Papa regarde les cendres. Le boucher regarde les cendres. Le charcutier regarde les cendres. Le poissonnier prend l'épaule du boulanger. Ils sont tous là, accablés, à regarder les cendres encore rougeâtres et à ne pas pleurer, ça ne se fait pas. Restent les quatre piliers ridicules chancelants du bel édifice en pierres désormais noircies.

2

De l'échoppe, rien. Les vestiges d'une balance, des poids en fonte grillés. Les halles Saint-François avaient laissé place à un no man's land vitreux. Finis les petits-déjeuners à la saucisse, les verres de blanc à huit heures du matin, papa s'ennuyait ferme en attendant le verdict des assureurs qui ne tardèrent pas à trouver un vice de forme dans le contrat : le désastre des halles serait remboursé au minimum. Pendant de longs longs mois, la maison Coll fut taiseuse. Les déjeuners et dîners passaient au rythme lent d'un balancier. Pendant que la mairie de Quimper étudiait les différents projets plus ou moins fantaisistes, plus ou moins futuristes des architectes sélectionnés pour la reconstruction du marché, je voyais monter quelque chose qui ressemblait à une dépression. Vers la fin de l'hiver, une certaine mélancolie, chez papa, s'installa. Oh, un rien d'imperceptible dans le rythme quotidien. Les carottes étaient cuites.

Un dimanche, alors que mes grands-parents venaient déjeuner – nous étions bien loin des agapes où la côte de bœuf faisait suite aux plates de Belon, il s'agissait maintenant d'un triste pâté de foie et d'un rôti de porc gorgé d'eau –, papy, le nez dans son assiette, se mit à évoquer ce temps pas si ancien où un type de la Bretagne profonde, plutôt dégingandé, s'était un jour invité à sa table. Un certain Édouard Leclerc, une sorte de prophète illuminé. Son idée ? La grande distribution.

La quantité, le nerf de la guerre, permettant des

remises insoupçonnées sans compter la « remise de fin d'année », cette fameuse « RFA » qui représente entre 1 et 2 % de l'ensemble des achats de l'année précédente. La gangrène des hyper- et supermarchés, des « centrales », comme on disait à l'époque, devenait la mérule qui rongea le bois des étalages du petit commerce, faisait tinter le glas de ce que nous fûmes.

3

La municipalité quimpéroise parqua provisoirement les commerçants sinistrés sur un parking dit de « la Glacière ». La famille Coll tenta de redresser l'affaire. Des hivers cinglants traversèrent quatre années durant les polaires et les cabans. Un étrange instinct de conservation poussait mes grands-parents et mon père à résister. Les jours de la semaine s'égrenaient péniblement jusqu'au samedi où l'on espérait remplir la caisse et la vider pour payer les factures qui s'entassaient. Mon père, harcelé par les demi-grossistes, s'enfonçait dans une logique de mensonge. Chaque matin était pour lui non pas une leçon de courage, mais un processus de renoncement. La clientèle, comme ses cheveux, maintenant gris par l'angoisse du lendemain, avait désormais des cheveux blancs. La jeunesse avait déserté le centre-ville. Moins d'un an après l'ouverture du Leclerc, Continent, Rallye, Intermarché s'installaient. On a tout de suite compris que papa et son petit commerce n'avaient aucune chance. Que la bataille était perdue d'avance. Les supermarchés, fossoyeurs de notre *dolce vita*, telle une flotte aérienne surpuissante, bombardaient les halles – devenues une sorte de bunker – de leurs prix discount. Le chiffre d'affaires de la maison Coll s'affaiblissait. Plus de globules blancs.

4

Après le marché, vers les deux heures de l'après-midi, fallait compter la recette. La dextérité de mon père pour faire glisser les billets. Un vrai banquier, pour une fois. Il passait son index sur la langue et écumait les biffetons. Un orfèvre. Enfant, je croyais que tout cet argent était pour nous. Il m'expliquait que les trois quarts étaient pour les autres. Qui ? Les fournisseurs. À le voir épingler les Delacroix par dizaines, jamais je n'eus l'idée qu'un jour il pourrait déposer le bilan.

5

Mais les affaires de papa allaient de plus en plus mal ; et maman ne me le cachait pas. Elle ne parlait jamais de son sinistre travail d'employée à la préfecture. Il n'y avait rien à en dire. À table, mes parents ne parlaient que d'argent, c'est-à-dire de banques, de crédits qui s'accumulaient comme les factures d'électricité, les rappels d'impôts… Chaque matin, dans la boîte aux lettres, un recommandé qui n'augurait rien de bon.

Mon père n'ouvrait plus son courrier. Il y eut des déjeuners épiques et des dîners que je quittais avant le dessert pour ne plus entendre ces incessantes et lugubres conversations financières. Allongé sur mon lit, mangeant mon yaourt, je pensais à Marie, à ses épaules de pain d'épice.

Papa n'arrivait pas à manger, à déglutir. Ça ne passait plus. Lui qui terminait ses plats avant tout le monde restait, tout pensif, la fourchette en l'air. Il y a deux choses qui coupent l'appétit : l'angoisse et l'amour à ses débuts. Bref, d'un côté mon père, de l'autre moi. Et comme un malheur n'arrive jamais seul, le manque d'appétit s'accompagne toujours d'une bonne sauce d'insomnie. Papa était du genre à tourner le dos aux ennuis, qui en profitaient. Il ne ressemblait plus à grand-chose. Il ne pouvait plus rien cacher. Ni ses dettes, ni le bas niveau de flottaison de son compte en banque. Il avait un trou dans la coque de ses affaires. La mine patibulaire, il errait. Lentement il avait lâché la barre.

« Je suis vraiment un pauvre type », avait-il soupiré profondément, un soir. Maman ne releva pas, pensait à J.R. Il fallait désormais le pousser hors du lit pour qu'il se lève, la trouille au ventre. Il longeait les murs comme un chien battu. Dans l'hiatus d'une syncope, un matin, il nous avait déclaré qu'il allait se « foutre en l'air ».

« Eh ben, c'est comme qui dirait, je ne sais plus qui, de la lâcheté, ça », lui avait-elle répondu. « Tu sais, je t'aime bien, mais pas de cette façon. »

Bizarrement, cette réponse déprimante le requinqua. Et il partit, dans son estafette, affronter son destin, le froid de la Glacière.

6

Filet à provisions dans la main, filet de bave à la commissure des lèvres, madame Le Du s'en allait, courbée, faire son marché. Les vieilles ont des voix stridentes. Elle louchait, la Le Du, vous donnait le tournis à force de strabisme. Un vieux à béquille glissait parfois sur une feuille de scarole. Ces troisième âge achetaient deux poireaux, trois tomates… À la fin du marché, ils aimaient faire les poubelles, récupéraient des carottes fatiguées pour leurs lapins (ou pour eux). La veuve Kémeneur, cette antique chèvre aux gencives rouge vif comme des cerises burlat, haleine âcre de l'acétone du troisième âge : « Deux kilos de reinettes clochardes, siouplaît. » Je levais lentement les yeux de ma balance : la rombière sans dentier et son Caddie Rollser dont les roues sont freinées par des fanes de radis séchées. Et cette autre dont la peau était devenue comme une mayonnaise restée dans le frigidaire, ridée et jaune beurre rance. Madame Boulic : « Deux kilos d'avaloù, mar plij ! Attention, bihan, celle-i est blet. – Nag a dug aujourd'hui. » Pendant ce temps, son bâtard moitié fox-terrier, moitié caniche, à qui il manquait une oreille, lapait généreusement, bientôt rejoint par un berger allemand efflanqué errant, une flaque de sang dans la sciure du boucher d'en face.

7

Malgré l'ardoise « Ne pas toucher » – il est vrai que mon père aurait pu rajouter un « Merci » avant ou après –, les clientes prenaient les melons de Cavaillon entre leurs mains, les portaient longuement à leur nez qui s'écrasait sur la peau. Leurs pouces tentaient d'en détacher le pédoncule pour s'assurer de leur fraîcheur. Une fois tâté, reniflé, le melon atterrissait sur la balance. Il arrivait assez souvent qu'une cliente revienne le lendemain avec un demi-melon dans la main : « J'en demande un autre tant il était infect. Une vraie courge. En plus, je ne vous dis pas, j'avais des invités. Je n'ai pas dit où je l'avais acheté pour ne pas vous faire du tort. »

8

Des années « Glacière » je ressens toujours une fausse mélancolie, une sorte de paix à observer la misère, cette peur du lendemain, ce désir d'être ailleurs. Je trace des rayons allant de mon cœur, cette vieille noix, à des cerceaux dont je ne veux garder aucun souvenir. Rachel, l'éphémère, la caissière du boucher et ses hanches laiteuses bigoudènes. Vive comme un colibri. Brune, peau blanche comme un sucre. Regard bleu marine, odeur fraîche de lavande. Mon rectangle de lumière pendant ces années sur pilotis. Rachel, la Fouesnantaise – « Fouesnant, la patrie des belles femmes », avait écrit Flaubert lors de son voyage par chez nous – qui aimait danser au son du biniou et de la bombarde chaque samedi soir où elle tournait et tournait en tenant la main d'un voisin ou d'une voisine. Trente ou quarante, le groupe de danseurs formait une étrange et improbable guirlande. Par petits pas et comme envoûtée par le son criard et chaleureux de ces fest-noz, elle entrait dans une transe celtique qui me laissait froid malgré le cidre et le chouchen que je m'efforçais de boire. Les sabots frappaient le sol, les fronts se mouillaient dans cette fièvre bretonne. Un dimanche, j'ai appris par *Ouest-France* qu'elle avait accouché d'un petit Pierre.

13

1

Au café de L'Épée, immeuble bourgeois dans lequel naquit Max Jacob, QG des notables quimpérois, ça jasait. Les Coll allaient fermer boutique. Sur le plan physique, papy déclinait. Sa prostate. Du côté de mon père, son cancer judiciaire : les huissiers.

2

Un beau matin de juillet papa était parti malgré lui depuis quelque belle lurette à la Glacière et maman, comme à son habitude à la préfecture. Je me retrouvais seul, vacant avec Médor, mon chat. Je venais de passer mon brevet et de justesse en seconde, mais avais acquis le droit de rester au lit le mercredi qui n'était pas, disons-le, un très bon jour de marché. Il devait être neuf heures trente, ce mercredi-là, Médor ronronnait vaguement sur une fin de drap qui recouvrait mes pieds lorsqu'une de ses oreilles se mit à frétiller au son tringlant d'un TRRRRiiiiiiiiiiggggggg TRRRiiiiiiiiigggggg, sonnerie qui eût fait gueuler à la mort feu Sofinco. Je lisais une biographie de Tchekhov. J'aimais les biographies. Elles étaient des modes d'emploi pour devenir cette autre chose qu'on appelle un artiste ou, plus vulgairement, un grand homme. Le genre biographique permet des rêves accessibles puisqu'ils ont déjà été réalisés. Tout cela me rassurait. Je me voyais donc l'auteur de *La Dame au petit chien* lorsque la sonnette retentit et projeta Médor dans les rideaux. Je descendis en caleçon et vieux tee-shirt sur lequel était inscrit « Nucléaire non merci ! ».

« Bonjour jeune homme : Yves Jégoult, officier de justice ou si vous préférez huissier de justice. » Autant vous dire que je ne préférais rien. Puis, après un court silence pendant lequel il se racla, sorte de rot, sa gorge de fumeur : « Monsieur ou madame Coll seraient-ils là ? Bon, bon. Je suppose que vous êtes de la famille, le fils peut-être, alors je me permets de vous remettre cette signification d'acte. Si vous ne la prenez pas, elle sera à la disposition de monsieur ou madame Coll à la mairie. » Je fis « oui » de la tête. Devant moi, il plia trois ou quatre papiers qui avaient la texture des feuilles carbone, les épingla puis les inséra dans une enveloppe qu'il prit soin de fermer en léchant d'un lent coup de langue la bordure en V. Après quoi, digne tel un croque-mort, il regagna sa R18 grise. Sur le pare-brise arrière un autocollant bleu Europe n° 1, un autre du drapeau breton. Sous la semelle de sa chaussure droite était scotché un reste orange de merde de chien. Mon premier huissier, gueule de corbeau, était donc plutôt gentil. Presque sympathique. De la buée compassionnelle dans ses yeux bleus. Je décollai l'enveloppe qui n'avait pas eu le temps de sécher sous sa salive. Je lus : Bégot & fils. Je compris, là, que papa devait cinq cent mille francs à Bégot. À payer sous huitaine. Médor se tortillait autour de mes jambes, slalomant de l'une à l'autre. L'heure du Ronron.

3

Maman, comme d'habitude, fut la première à la maison. J'avais laissé l'acte bien en évidence sur la table de la cuisine. J'essayais de lire mon Tchekhov. Je me voyais en lui, en génie littéraire et en saint, sauveur de ma famille. Tchekhov allait devenir pendant quelques années mon maître à être.

4

Les huissiers ont un certain côté poétique : violeurs diligentés, questeurs honteux, malmenés, mal aimés, mal compris. Maître Yves Jégoult devint très rapidement un habitué de la maison. On ne lui en demandait pas tant. Chaque lundi soir, je reconnaissais le moteur de sa R18, à l'heure de l'apéritif.

5

C'est ainsi que nous connûmes la vie de maître Jégoult, par épisodes, chaque lundi, comme si nous suivions notre cher *Dallas*. Un vendredi, il sonna. Il se dirigea, zombi, directement vers le salon : il connaissait si bien la maison. Chacun de ses meubles. Il était chez lui. Il s'assit sur le canapé. Puis il se leva. Sans un mot, il tituba vers le meuble bar-bibliothèque que mes parents avaient dû, comme d'habitude, acheter à crédit chez Conforama, puis se servit un whisky J&B et se mit à sangloter. Papa, maman et moi nous regardâmes en chiens de faïence. Papa, le plus sensible d'entre nous, mit sa main droite sur l'épaule de son huissier qui, en un geste d'affection, pencha la joue contre sa clavicule. J'entendis Médor dégobiller ses croquettes dans la cuisine. Un instant, je crus qu'ils allaient pleurnicher ensemble – c'était bien de mon père de s'épancher sur le malheur de son bourreau. Le fils unique de Jégoult, étudiant en psychologie, venait de se suicider en se jetant du huitième étage de sa chambre de bonne à Paris, rue de Madrid. L'huissier me regarda d'un œil étonné. Je montai dans ma chambre, m'allongeai sur mon lit et, les yeux fermés, me réjouis qu'un fils d'huissier n'habitât plus sur cette terre.

6

Après le drame, Jégoult, Yves, devint presque un intime de la famille. Après son fils défenestré, il perdit très rapidement sa femme, d'un cancer de l'utérus. Il continua, par habitude, de nous délivrer des saisies. Il avait pitié de nous comme nous avions pitié de lui. Puis il mourut. D'une rupture d'anévrisme un matin d'hiver sur son trône, en forçant. Il avait toujours eu cet air constipé. Les pompiers retrouvèrent son corps en état de décomposition, le bénouze de son pyjama aux chevilles, le *Télégramme de Brest* à ses pieds. Sa disparition se révéla un véritable drame pour nous. Son remplaçant fut impitoyable. Robert Quintin, cinquante-quatre ans, en pleine santé, avait l'air immortel, les épaules larges du déménageur, l'estomac plat du marathonien, la nuque bien raide du gradé, les cheveux gris comme plaqués au beurre sur un crâne massif. La mâchoire d'un australopithèque attardé. Entre sa lèvre supérieure et son nez, une petite moustache en filet lui donnait l'air du con, implacable et prétentieux. Des petits yeux mesquins noirs donnaient non pas la vie à ce visage de brute, mais l'informe sentiment de la mort certaine. Robert Quintin, marié, trois enfants, faisait, chaque jour, sa tournée lugubre de feuilles bleues. Un vrai prédateur, un squale de la pire espèce, sans sentiment. Une chose semblait sûre : nous n'allions pas nous en sortir comme ça avec ce pourri pète-sec tout droit sorti de l'enfer.

7

Un matin, encore un mercredi, une camionnette suivie d'une R5 beige stationna devant la maison. Robert Quintin, la moustache affûtée, sortit de la Renault deux portes. À son côté, un type qui ressemblait à un garde du corps. Maître Quintin sonna. Papa parti, maman à la préfecture. Je ne répondis pas. Il resonna. Dix fois. J'entendis une autre voiture se garer. J'appelai maman à son travail ; elle était en réunion. Puis le bruit d'un cambrioleur ; la serrure se mit à faire de la résistance. Que faire ? Se rendre ou jouer à Fort Alamo ! Je décidai de me rendre. Calme, j'ouvris la porte avant que le serrurier de service ne l'ouvrît. « C'est à quel sujet ? » fis-je, pauvrement théâtral, en tirant la porte. Le serrurier encore plié en deux faillit tomber la tête la première sur mes chaussons. Robert Quintin me fixa. On eût dit le regard fou d'un macaque faisant sur de la braise. « C'est au sujet que je viens saisir les meubles. » Quatre déménageurs sortis de nulle part prirent d'assaut la maison. « Kermadec & fils » emballèrent à vitesse grand V. Mon chat Médor sous le bras, je montai quatre à quatre dans ma chambre vider les tiroirs de mon bureau, cacher mes aquarelles que je croyais naïvement avoir quelque valeur.

Nous mangeâmes, désormais, dans une maison qui résonnait lamentablement. Presque plus un meuble dans le salon sinon l'aquarium dans lequel croisaient cinq ou six guppies, trois kribendis, un cory, un lèche-vitre, deux platy wagtails, un cap-lopez, un molly-voile.

8

Le frigo trônait dans la cuisine qui n'avait pas encore souffert du raz-de-marée judiciaire. Papa rentra plus tard que d'habitude. Maman l'attendait comme un flic guette le récidiviste. Je remontai dans ma chambre, fermai ma porte et compressai mon crâne entre deux oreillers. Plus rien ne m'atteindrait du monde pourri de la justice. Je crus entendre que mon père se faisait sérieusement engueuler.

9

Nous vécûmes dans une maison vide quelques semaines. Médor semblait désorienté. Un voisin nous prêta une télévision.

Je sentis mon père devenir candidat au suicide. Il eut de ces crises abdominales qu'on appelle communément coliques. L'angoisse de la saisie lui tordait les boyaux et lui foutait la chiasse. Il n'avait pas beaucoup de cran. Marchait en crabe. Ah, *torrpenn* : casse-pieds (ou casse-tête). Le soir, parfois, épuisé, il s'endormait entre deux cuillerées de soupe. Il avait le regard vide du cocher.

10

Le jeu lui offrit un répit temporaire. Le tiercé. Le dimanche matin, le *Paris-Turf*. J'étais fasciné par le nom des canassons : Buisson-du-Lys, Mastic-de-la-Fosse, Missouri-du-Moulin, Momo-d'Avennes, Poux-de-la-Châtaigne, Perle-d'Automne, Morgan-de-l'Isoloir, Missouri-de-la-Laine, Tonnerre-de-Causse, Mon-Ange-des-Îles… Ce n'est pas avec ça que papa allait faire du pognon.

14

1

Je retrouvai, un soir, Marie, la fille du charcutier accompagnée d'un certain Luc, apprenti menuisier d'art. Elle ne m'aimait plus depuis longtemps, mais avec Luc, ce n'était pas trop ça non plus. Marie, ses joues roses, ses fesses fondues sur la selle de son Peugeot 103. Elle mâchait son sempiternel Malabar. Le haut de sa poitrine débordait de son soutien-gorge. Une multitude de grains de beauté gangrenaient son cou. Luc trônait sur une Motobécane. J'étais à pied. Luc envoya un molard bien huîtreux sur le trottoir, au ras de mes souliers. Marie se mit à ricaner, mais je saisis un remords dans son regard, tout n'était pas perdu. Luc fumait des Camel sans filtre. S'engagea chez les paras, disparut du côté de la Somalie. Marie, qui avait tous les organes qu'il fallait sauf un cœur, s'en remit bien aisément. Elle devint de plus en plus belle, de plus en plus épaisse. Ses cuisses enflèrent, son ventre et ses fesses se durcirent. Nous avions exactement quinze ans. Une fin d'après-midi, elle m'invita chez elle. Me fit visiter l'atelier de son père, le roi du boudin, le Mozart du porc. Marie-Laure me fit faire le tour du propriétaire. Je suivais son jean moulant dans ce laboratoire. Vie tragique d'un gaspillage. Elle me reprocha de ne pas avoir de Mobylette. Ce n'étaient pas les huissiers qui allaient m'aider sur ce coup-là. Je m'inventai des raisons. À défaut d'avoir une Motobécane, je m'obligeais à être doué en rhétorique. J'aimais traverser cette odeur de porc la main dans la main de ma guide. Elle m'ouvrit un énorme frigo dans lequel nous nous enfermâmes presque. Des demi-carcasses de cochons nous regardaient dans une étrange obscurité. Elle les caressait. M'expliqua toute l'anatomie de la bête avec le regard creux de la fille qu'on viole dans un frigidaire rempli de jambons. Ce jour-là, je n'avais pas trop la tête à ça. Il faut être assez motivé pour le viol dans une boutique de charcuterie. Je compris plus tard – mon triste esprit de l'escalier – que Marie m'avait fait visiter cet endroit glacé pour que je la réchauffe.

2

Début septembre, j'invitai Marie à Soller. Je n'étais pas peu fier de ma maison de famille. Elle avait eu, Marie, l'autorisation de ses parents. Nous étions donc partis tous les deux. Le train puis le bateau. Plus nous avancions dans notre tumultueuse odyssée, plus je la trouvais idiote, c'est-à-dire moche. Mon envie d'elle s'amenuisait à chaque mille. Quand allions-nous arriver ? De toute façon, ce serait trop tard. Sa peau laiteuse m'avait amusé, ses seins m'avaient excité, son air con me dégoûtait. Sur le paquebot, l'éternel *Mallorca*, elle se fit sauter par un membre de l'équipage dont je tairai le nom. Balancerai juste le prénom par-dessus bord : Jose-Luis. Quand elle revint dans la cabine, sa peau suintait une sale odeur rance. « Je me suis fait sauter, me dit-elle, sur le pont, par un Espagnol. N'ai rien senti passer. » Puis elle s'allongea bien contre moi et se mit à bourdonner d'un plaisir raté. Le lendemain matin, huit heures cinq, la laideur de Palma nous attendait. « Je suis repue », me lança Marie en engouffrant une patte de croissant. Je pensais à Maman qui m'avait conseillé de partir avec elle. « Quelle chaleur », macérera-t-elle en débarquant. « Reste là, je vais dire adios à Jose-Luis. » Je vis de loin que l'hidalgo avait un peu honte de ce qu'il avait accompli. Marie revint vers moi. Décidément, je n'arrivais pas à la trouver laide ou belle ; elle m'était indifférente. « Pouh, que calor dans ton pays ! » gueula-t-elle dans le taxi qui nous menait à la gare. Nous prîmes le train jusqu'à Soller. Marie se plaignit des tunnels : « Bonjour les paysages ! » Lorsque nous arrivâmes sur la petite place de Soller, elle lâcha son sac sur mes espadrilles tressées par des prisonniers basques : « Qu'est-ce que c'est que ce trou à rats ? » Elle n'était pas au bout de ses surprises : un antique tramway usé, brinquebalant jusqu'au port, nous rendit un dernier service. Nous montâmes, sac au dos, jusqu'à ma maison. « Ai soif », pleurnicha la Marie qui se précipita vers l'évier dont l'eau était coupée depuis belle lurette. « Merde ! Bordel ! » À peine arrivée, elle se déshabilla, enfila un maillot de bain deux pièces, direction la plage. Je ne la revis plus jusqu'au soir où elle revint rouge comme un chorizo.

3

Soller.

Assis dans le fauteuil en cuir de mon grand-père, je disparaissais dans cette ombre calme et protectrice tandis que Marie se tortillait dans sa chambre, gémissant sur ses coups de soleil. Je lui achetai de la Biafine et la beurrai. « Bonjour le romantisme », me lança-t-elle. Elle resta presque deux jours dans le noir.

4

Lorsque je ramenai Marie à Quimper, ses parents la trouvèrent en pleine forme et semblaient ravis de notre relation. Un matin d'octobre, alors que je travaillais encore les samedis, son père me prit à part : « Tu as le temps de prendre un caoua ? » Je n'avais pas revu Marie depuis notre voyage à Soller. Nous n'étions plus dans le même lycée. « Je ne sais pas ce qu'il s'est passé dans ton pays, là-bas, mais depuis qu'elle est de retour, ma fille n'est plus la même. Elle ne mange plus, elle picore, elle qui était capable de se becqueter un "à l'ail" en moins de dix minutes ! Tu ne me l'aurais pas rendue onamérisque ? – O quoi ? lui demandais-je. – Anomérisque », rectifia-t-il. Il commanda deux cafés-calva. Avec ça, il allait retrouver le bon mot. Je regardai son tablier déjà bien ensanglanté puis ses mains puissantes. « J'ai vu une émission hier soir à la télévision sur cette maladie, l'amérinosque », réinsista-t-il. Je compris un peu tard qu'il pensait que Marie était devenue *anorexique* depuis son retour de vacances car elle hésitait à reprendre trois fois du fameux « à l'ail ». Le père Le Guern, homme de l'art et du cochon, se voulut familier. Son tablier à carreaux roses sentait les tripes séchées, son haleine le vieux calva. « Je vais être franc avec toi : je t'aime bien mais il faut que tu sois gentil avec ma Marie. » Je ne répondis pas. Ce vieux con pensait que les états d'âme de sa fille étaient liés à mon comportement – moi qui l'avais à peine effleurée, à peine tété un de ses seins… Je fixai sa main droite tremblante. La machine à jambon n'allait pas tarder à faire des siennes.

5

Je garde un souvenir moelleux des veilles de Noël au marché. La bonne humeur s'immisçait, l'odeur des oranges, des marrons, des bûches, des chapons et des dindes. Illuminations. Le Guern se charcuta donc le pouce droit dans sa machine à jambon. Ça giclait sec le sang tandis qu'il couinait comme un goret. J'appelai les pompiers. Sans doute à cause de ça que Marie tomba amoureuse de moi, à moins que ce ne soit le fait que je ramasse le demi-pouce de son paternel tombé dans la sciure. Je le rangeai aussi vite dans un emballage de charcutaille – René Le Guern, halles de Quimper, échoppe nº 18, médaille d'or du boudin noir, médaille de bronze, médaille d'argent – et le donnai aux pompiers. La greffe foira, mais je devins une sorte de héros. Marie m'était acquise.

Peu de temps après, au cinéma, je comptai jusqu'à dix et lui pris la main. La salle était vide, les fauteuils rouges, l'écran noir, je pouvais y aller.

6

La première fois que je couchai avec elle, je sus, piètre médium, ce qui allait m'attendre : dès le départ, elle était frigide, c'est-à-dire assez reposante faut bien l'avouer. Paradoxalement, elle aimait presque ça. Dès la première fois. Son aridité sensuelle, son regard passif de chèvre me rassurèrent. Cette brave épave dont j'allais aisément, plus tard, me contenter. Il me revint qu'elle aimait se rassasier de peu, qu'elle avait déjà pris son parti, le parti du rien, du néant. Cependant, je pouvais lire dans ses yeux sans expression l'heure de ses désirs frigorifiés. Je l'aimais comme on aime un jeu vidéo. Elle m'était virtuelle, c'est-à-dire inaccessible. Chaque matin, je déposais sur ses lèvres un baiser de regret. Oui, je l'ai aimée.

« Je ne sens pas grand-chose », m'avait-elle avoué, un soir. « C'est-à-dire ? – Ben, pas grand-chose, quoi. » Ça n'annonçait rien de bon. Elle allait pleurer. Elle pleura.

7

Elle et moi n'eûmes jamais notre baccalauréat. La barre était placée trop haut. J'avais arrêté mes études en seconde. Seules m'intéressaient les couleurs. Synesthète, je les devinais à travers les lettres. Après six mois aux Beaux-Arts, je devins un peintre du dimanche qui peignait aussi le lundi. Je plantais mon chevalet sur le port de Sainte-Marine et esquissais des barques, des voiliers. J'aquarélisais mes vues banales. Je compris que mes « œuvres » étaient minables lorsqu'un touriste à l'accent belge me lança, tandis que j'attaquais le rouge d'une voile tendue par la brise : « Alors, mon gars, ça mord ? »

15

1

Pauvre papa. Mon pauvre père. Le tiers, le terme, les rappels, les fournisseurs, les crédits. Il repassait, papa, à la maison, vers les dix heures pour capter le courrier qu'il voulait cacher à ma mère, afin de la protéger, de nous protéger. Le mensonge devint sa gangrène, spirale, gouffre de sa dépendance, le rongeait à l'intérieur, son ténia.

2

Journée insupportable.

Le ciel, ce matin-là, ses nuages ressemblaient au

pelage d'un chat de gouttière ; gris brodés de noir ; un jour d'automne où les meubles furent à nouveau saisis. Lorsque j'ai entendu des portières claquer. Deux voitures, une fourgonnette de police et un camion de déménagement se garèrent devant la maison. Les doigts des voisins firent glisser leurs voilages. Des huissiers, corbeaux de la justice, se postèrent devant notre porte. Un, deux, trois, tous prêts à nous déshabiller, à nous autopsier. Aucune résistance. Papa démissionne devant mon regard accablé. Je le plains, je le pleure. Je le vénère et le maudis, je l'aime et le trompe : jamais je ne serai lui, jamais je ne serai l'image de ce père, jamais il ne sera mon modèle : je suis ailleurs.

3

L'inventaire recommence, rituel funéraire. (« On vous dérange ? » qu'ils nous préviennent.) Les huissiers mettent des Post-it sur les biens qui restent encore. Les évaluent. Un cahier dans la main, ils officient. Le frigo, les machines à laver – le linge, la vaisselle –, le congélateur, la télévision, l'argenterie, les cuivres de famille et vestiges d'une vie petite-bourgeoise, le buffet, les fauteuils et le canapé Conforama, le divan turc, la pendule en chêne et ce vieux tapis, décombres d'une réussite provinciale, la collection de chiens en porcelaine, toutes ces camelotes, ces babioles et ces curiosités accrochées au mur du salon, la table de ping-pong, la lourde planche à voile qui avait été extirpée de la cave comme ce lit clos remisé qui, chez mes grands-parents déjà, avait été transformé en vaisselier. Dans les fermes, ces antiquités pourrissent au fond de l'étable. Ils n'eurent pas beaucoup de mal à dénicher notre bibliothèque : il n'y en avait pas. Sur la table de chevet de ma mère : des Slaughter, quelques Konsalik, collection France-Loisirs. Du côté de mon père, à gauche, car mon père dormait toujours à la gauche de ma mère, un Bruce 117, un San-Antonio : *Remets ton slip, gondolier*, *Ouest-France* ouvert à la page « Carnet du jour » appelé en province prosaïquement « Avis de décès ». On fait toujours ses choux gras de la mort des autres.

4

Tout ça s'entassait dans le camion direction la salle des ventes. Point de discours, de la méthode. Ne nous restaient qu'une table, deux matelas, un réchaud à gaz, papa assis sur un tabouret, maman sur les marches de l'escalier. Dans la remise, des paquets de nouilles et de riz, des boîtes de conserve, des sardines et des maquereaux en filets, des petits pois, des haricots verts et blancs marinant dans une sauce épaisse. L'avenir sentait le fer-blanc. Les huissiers et consorts partirent en dépeceurs.

5

Papa, orteils ankylosés, revint à la Glacière tout bizarre dans ses tatanes, clopinant à la traîne. Les balances et le frigo avaient été saisis. Restaient quelques cageots qui n'allaient pas nous réchauffer.

– Alors, c'est la fin ? fit Firmin.

La saisie de l'échoppe. Les corbeaux baissèrent définitivement le rideau de fer. Le bruit de la tôle qui frappe le sol pour la dernière fois, sale couperet, claque sinistre guillotinant des braves gens.

6

Dans mon lit, des mois durant, la lumière de l'Enfer m'aveugla, oui, mes quatre membres, tel le scarabée bousier se balançant sur sa carapace, se refermaient sur moi dans les affres de l'insomnie qui, dès lors, ne m'abandonnèrent plus. Ma nuque broyait du noir dans le blanc de mon oreiller où elle cherchait le frais dans l'Éden d'une aurore majorquine. Papa, déjà peu disert, s'enfonçait comme mutilé dans un mutisme maladif. Il rongeait son frein, celui de l'humilié.

7

La cuisine sent le chou, notre nouvel aliment. On va s'en gaver. Du chou et des nouilles. Des nouilles et de la patate. Ma mère, assise sur les marches de l'escalier, tout habillée de mauve colibri commence à avoir des soupçons sur l'état de l'entreprise familiale. Qu'avait-il fait, son mari, de ses recettes ? Mon père renâcle à donner la moindre explication. L'âme de papa lui appartient comme la mienne m'appartient. Au diable, le curetage des âmes ! Dans son portefeuille, des tickets de tiercé. En bourrins, comme dans le commerce, il n'avait pas la main. Chaque dimanche, nous écoutions Europe n° 1, le résultat des courses, toujours le même : tous perdants dans la deuxième, dans la troisième.

8

Mon père allume gitane sur gitane, tire de telles bouffées qu'on dirait qu'il va s'envoler. La maison résonne comme un hangar désaffecté. À l'heure du dîner, father, tout pâle, se lève de table, se dirige vers les toilettes, n'a pas touché à son assiette. Maman feuillette un dépliant publicitaire Leclerc. Elle note les promotions. Demain, après la banque, maintenant que nous avons franchi le seuil gris de la pauvreté, nous irons pousser le chariot au supermarché. Une révolution a chu – laideur de ce verbe mais approprié à la situation – sur nos têtes de petits-bourgeois arrivés. Papa s'attarde. Ce n'est pas son heure d'aller traîner aux lieux. Le chou de Roscoff commence à refroidir dans son écuelle. Tiens, un lot de dix paires de chaussettes à 3,99 francs. Pas de nouvelles de papa. Et ces trois boîtes de cassoulet William Saurin pour 4,49 francs… Et ce chou que maman va devoir maintenant réchauffer. Elle se lève, frappe à la porte des chiottes. Pas de réponse, tente de l'ouvrir. Elle tambourine. Je descends, héroïque, à la cave, cherche un pied-de-biche. Pauvre dupe ! Les huissiers ont emballé les outils. J'insère la lame d'un couteau à huître – qui, vu le cours de la fine de claire, ne servira plus de sitôt dans la maison Coll – dans le maigre interstice de la porte, en vain. Le 18 s'impose.

Après les huissiers, les pompiers. Nous voyons arriver les voisins bien ravis. La journée va alimenter leur conversation pendant un mois, ou plus. Les pompiers tout casqués défoncent la porte des toilettes. Mon père, à genoux, la tête dans la cuvette, du grumeau de vomi dégoulinant de son menton, a eu un malaise. Inanimé, ils le transportent au CHU. Papa nous joue quelque chose de triste. Un AVC. Il pleut sur l'Odet.

Il ressortit de l'hôpital sur une chaise roulante. La famille quitta Quimper-Corentin, direction Beg-Meil où papa et maman louèrent un trois pièces au rez-de-chaussée d'un ancien hôtel – l'hôtel des Dunes – transformé en résidence, géré en copropriété. Chaque fin d'après-midi, quel que soit le temps, on sortait le père muet, plaid écossais sur les genoux, presque toujours la même direction : le sémaphore, les grandes villas bourgeoises en granit, celles de la famille Bolloré, de la famille Michelin. Assise sur un banc, maman lui faisait, avec une compassion silencieuse, la lecture des journaux. La tête du père dodelinait. La triste solennité de ses mouvements.

16

1

Il est toujours dans son fauteuil. Aujourd'hui électrique. Je passe le déranger une fois par semaine. Nous ne nous disons rien. Il fixe la télévision comme il fixait le transistor à la grande époque. Il continue à se taire. Passent les saisons, passe la vie dans ce drôle de mutisme. Le silence l'a définitivement choisi. Son regard est traversé de souvenirs, ce regard du tourteau avant d'être ébouillanté, du cheval avant l'abattoir. Son côté gêné d'être sur terre. À quoi pense-t-il ? À Puerto de Soller, à ses orangeraies, à la Plaça Constitucion ; notre vie avait encore le goût acide et sucré des agrumes ; au rocher du Nautilus, notre plongeoir d'où nous sautions pour nous noyer ; à ces vieilles halles de Quimper qui renaquirent de leurs cendres bien trop tard. Un petit verre de cidre Menez Brug, papa ?

2

Je lui demande s'il veut respirer l'air du large, voir la mer, la baie de Concarneau. Il opine du chef. Sa petite machine au ronronnement de tondeuse le traîne jusqu'à la plage des Oiseaux. D'ici, on voit les îles des Moutons et, si le gris du temps laisse sa place à quelques rayons de soleil, plus éloignées, celles de Glénan. J'aime alors poser mon chevalet. Je m'essaie. Je nage dans l'eau de mes aquarelles, je m'y coule. Marie semble aimer jouer avec Erwan sur la plage, ils font des châteaux de sable qui ne sont plus en Espagne. Marie ne pense qu'à une chose. Je le vois bien à l'expression enfantine de ses yeux bleus surmontés de sourcils pâles : embrasser son fils. Quant à mon père, tout recroquevillé, il m'observe d'un regard las, ne demande pas ce que je suis devenu. Il a raison : pas grand-chose, pas bien reluisant ni séduisant. Une petite entreprise de peintre en bâtiment, deux employés bien dévoués dans le pinceau et le rouleau. Alors je suis là. Assis sur mon tabouret de toile posé sur la cale à rêver de la dentelle de mon enfance, de mes onze printemps, de mes hivers bretons, de mes étés majorquins. Je communie avec mes semblables dont la vie est un champ de navets : ratés de tous les pays, unissez-vous ! J'esquisse un bateau de pêche qui entre au port pourchassé par une horde de mouettes criardes. Il est cinq heures. Quelques touristes anglais et des autochtones attendent la vente des langoustines, des homards, des araignées, des encornets, des merlus, des bars, des dorades ou des turbots. Tout ça frétille encore dans des bacs en plastique. Maman vient nous rejoindre. Elle a cueilli quelques fleurs de ces rhododendrons qui bordent les ruelles de Beg-Meil. Ses lèvres d'éternelle mère embrassent le front de mon père. On dirait une *pietà*. Elle rentre papa à la maison, au garage. Erwan trempe ses doigts dans ma palette et se barbouille la figure sous les yeux de Marie qui hausse les épaules. Le petit, honteux, se colle contre ses cuisses. Ce qui se cache sous les jupes de nos mères… Les pulsations de ma pensée me guident vers autre chose. J'installe une petite toile vierge sur le chevalet, esquisse les vieilles halles de Quimper, un étal de bois. Je peindrai en noir et blanc. Sur le fronton il y aura marqué : Fruits A. Coll, plus loin : Primeurs. Échoppe n° 12, Tel. n° 1359. Suspendus, des régimes de bananes plus ou moins mûres. Sur l'étalage, des choux-fleurs, des radis, des poireaux, des tomates, des clémentines, des oranges, des pommes, des noix… Derrière une balance à plateaux, ma grand-mère et une employée. Dans un coin, une cliente cherche dans son gilet quelque monnaie. Un bourdonnement, comme l'écho de l'agitation du marché, chante dans mon crâne. J'embrasse soudain un passé tout coloré. Ouvrez les guillemets :

« Papy avait mis mamy derrière le tiroir-caisse, position dans laquelle, effectivement, elle fit ses preuves. Jamais on ne vit une commerçante aussi désagréable. Une vraie teigne redoutée de toute la profession. Capable de taper sur une vieille si ses doigts crochus pleins de rhumatismes tâtaient un peu trop profondément une pêche ou une nectarine. Mamy ne fit jamais de quartier. Lorsqu'une cliente se plaignait qu'elle faisait la queue depuis dix minutes, elle lui conseillait, impitoyable, d'aller voir en face. On ne crânouillait pas.

» *Vamm-gozh* utilisait les sacs de cinq cents grammes pour y mettre un kilo. Pour surtout faire des économies de bouts de chandelle. La tête des clients lorsqu'ils voyaient que les tomates dépassaient du pochon ! Oh, certains y allaient, en face. Ma grand-mère était complètement dépourvue de psychologie commerciale. Son but était de se débarrasser de l'acheteur le plus rapidement possible, d'en servir un autre et ainsi de suite, et ainsi de suite. Elle servait d'une manière automatique. Dans un kilo de prunes ou de fraises de Plougastel, peu lui importait d'y fourrer des pourries. Et toujours la même réponse, implacable : "Si vous n'êtes pas content, allez voir en face." En face, un maraîcher, un petit bonhomme lamentable et tremblotant habillé d'une vareuse et coiffé d'une casquette de marin vendant des topinambours, trois salades et quelques herbes. Les Beuzec de Quéménéven. Un couple rougeaud d'une quarantaine d'années. Jean-Louis et Marie-Thérèse. Plus qu'un couple, un concept, une sorte de fait-divers ambulant. Jean-Louis avait les oreilles de ses artichauts et le nez de ses fraises. Marie-Thérèse avait une exophtalmie, des yeux comme on en voit dans une soupe trop grasse. Une bouche très petite qui avait cependant bien du mal à cacher une denture en champ de poireaux. Leur étal ressemblait à leur couple : un désastre. "Une honte", disait ma grand-mère qui leur demandait ardemment et sans complexe de passer le balai devant leur échoppe lorsque des fanes de carotte tapissaient le sol carrelé des halles qui se terminait en son centre par une bouche d'égout. Ma grand-mère fut, peut-être, une des causes du succès des supermarchés où le client n'avait plus affaire à une commerçante désagréable. Ah, ce matin où madame du Couëdic glissa sur une fraise et se fracassa le crâne. Je vis sa cervelle couler comme de la glace fondue à la pistache. Cannée direct.

» Les anciennes halles, à quatre heures du matin, quel chantier ! Des échafaudages de cageots et de cartons, le carrelage parsemé d'épluchures, de têtes et de boyaux de poisson, d'abats, de porcs et de lapins… Un doux remugle de tripes. »

3

Les Glénan s'embrument soudainement, le soleil s'éteint *piano piano* comme un cœur qui s'incline. Je revêts mon caban Armor Lux. Il serait temps de rentrer. Encore quelques détails sur l'aquarelle. Grand-père insultant en patois majorquin ses fournisseurs qui filaient doux. Demain, je tenterai de le peindre à la fin de sa vie, lorsque sa canne lui donnait cet air vénérable, quand il me racontait les corridas, la mort de Manuel Rodrigo Sanchez, dit Manolete, encorné le 28 août 1947 par le *toro* Islero, et ces chevaux étripés qu'on recousait à vif comme on recoud une chaussette trouée.

4

Un léger crachin commence à délaver ma croûte. Je le laisse faire, docile. L'échoppe des halles que j'avais esquissée disparaît lentement de la toile maintenant grise, abstraite. Les mareyeurs ont fermé boutique. Je remonte, bredouille. Marie s'agace de notre fils qui tire les oreilles du tout tout petit teckel brun dont le seul plaisir est de s'assoupir sur les jambes paralysées de mon révérend père. Un verre d'eau à la main dans lequel s'amuse de haut en bas tel un yoyo un cachet de vitamine C Upsa, papa nous cerne vaguement, légume. Je raconte, comme tous les dimanches, à mes parents, le bilan de ma situation : « Mon affaire ne marche pas trop mal. J'ai toujours mes deux employés, Pierre, Paul. Marie dit que je travaille trop, que je rentre tout taché, que je sens le Ripolin, que je devrais m'occuper plus d'Erwan. Il va avoir six ans demain. Il aime déjà ma camionnette. Il s'y amuse le soir, il aimerait tant la conduire. J'ai quelques projets : repeindre la façade du casino de Bénodet. »

Francis Bacon serait fier de moi. Je fus un ambitieux, vous savez.

DU MÊME AUTEUR

CAMILLE, Éditions Bartillat, prix Décembre 2000.

Composition IGS-CP
Impression CPI Bussière, juin 2010
à Saint-Amand-Montrond (Cher)
Editions Albin Michel
22, rue Huyghens, 75014 Paris
www.albin-michel.fr

ISBN 978-2-226-21518-5
N° d'édition : 14463/01. – N° d'impression : 101737/4.
Dépôt légal : août 2010.
Imprimé en France.